설렘 가득 포르투갈 속으로

설렘 가득 포르투갈 속으로

발행일	2022년 10월 27일		
지은이	이인화		
펴낸이	손형국		
펴낸곳	(주)북랩		
편집인	선일영	편집	정두철, 배진용, 김현아, 장하영, 류휘석
디자인	이현수, 김민하, 김영주, 안유경, 신혜림	제작	박기성, 황동현, 구성우, 권태련
마케팅	김회란, 박진관		
출판등록	2004. 12. 1(제2012-000051호)		
주소	서울특별시 금천구 가산디지털 1로 168, 우림라이온스밸리 B동 B113~114호, C동 B101호		
홈페이지	www.book.co.kr		
전화번호	(02)2026-5777	팩스	(02)2026-5747

ISBN   979-11-6836-540-7 03810 (종이책)   979-11-6836-541-4 05810 (전자책)

(주)북랩 성공출판의 파트너

북랩 홈페이지와 패밀리 사이트에서 다양한 출판 솔루션을 만나 보세요!

홈페이지 book.co.kr • **블로그** blog.naver.com/essaybook • **출판문의** book@book.co.kr

작가 연락처 문의 ▶ ask.book.co.kr

작가 연락처는 개인정보이므로 북랩에서 알려드릴 수 없습니다.

중년 부부의 좌충우돌 **포르투갈 여행기**

설렘 가득
포르투갈
속으로

이인화 지음

사랑스러운 풍경으로 가득한 나라에서
마음의 평온을 되찾고 인생의 참맛을 발견하다

 북랩

프롤로그

멀고도 낯선 곳이라 나완 인연이 없을 것 같던 포르투갈. 이젠 그 이름만으로도 가슴 설레는 그리운 대상이 되었다. 오래된 집들과 언덕, 노란 트램(Tram)이 있는 리스본의 풍경을 자주 떠올린다. 노을이 고운 날엔 포르투의 저녁 풍경이 떠올라서 그리움이 한계치에 이른다.

예전에 라디오는 지금 10대들의 스마트폰과 같은 존재였다. 라디오 방송에서 팝송을 들으며 내가 닿을 수 없던 먼 나라들을 상상하며 젊은 시절을 보냈다.

중학교 때 라디오에서 처음으로 포르투갈 파두(Fado)를 들었다. 아말리아 호드리게스(Amália da Piedade Robordão Rodrigues)의 '검은 돛배(Barco Negro)'를 듣는 순간 이유를 알 수 없는 슬픔이 소녀의 마음을 얼얼하게 했다. 그녀의 호소력 짙은 음색 때문인지, 슬픈 곡조 때문인지는 모르겠다. 그 후로도 그녀의 노래들은 10대 소녀의 마음을 아리게 했다. 파두는 처음 들었던 순간부터 내게 포르투갈이란 나라를 떠올리게 하는 매개체다.

직장에서 명예퇴직한 후, '해야 할 일'이 아닌 '하고 싶은 일'을 하며 살겠다고 마음먹었다. 그 하고 싶은 일의 첫째가 여행이었던 터라 퇴직금으로 여행자금을 마련했다. 온 세상이 코로나 공포로 떨기 직전인 2019년 상반기에 스페인과 포르투갈을 3개월 동안 여행했다. 그리고 하반기엔 미국 서부와 중부 국립공원들을 70일 동안 누비고 다녔다. 중년에겐 엄청난 용기와 도전이었다. 스페인과 포르투갈을 여행하는 동안 일상에서 느끼지 못했던 흥분과 설렘 가득한 나날을 보냈다. 인생의 희로애락을 두루두루 겪은 나는 매사에 심드렁한 일상을 기계적으로 살아내고 있었다. 여행하는 동안 무기력한 일상으로부터 해방된, 자유로운 나를 찾았다. 탐험가처럼 낯선 거리와 골목을 탐색하며 생기 넘치는 하루하루를 보냈다. 아이들은 생의 첫 경험들로 채워진 순간을 살기에 하루를 길게 느낀다고 들었다. 매 순간이 새롭고 신기해서 지루할 틈이 없는 게다. 반면, 수많은 경험으로 감정을 소모한 중년부터는 감성이 무디어진다. 일상생활이 너무 뻔해서 흥미로움도 긴장감도 없이 살아낸다. 그러면서 하루가, 한 달이 그냥 흘러가 버렸다고 한탄하기 바쁘다.

여행지에선 매일 낯선 풍경, 새로운 상황과 마주하게 된다. 어린애처럼 반짝거리는 호기심으로 세상을 바라볼 수 있다. 사방에서 들려오는 낯선 언어와 후각을 자극하는 이국적인 냄새들에 자주 두리번거리게 된다. 새 도시를 오감으로 체험하며 돌아다니다 보면 피곤한 줄도 모른다. 그러다 눈에 들어오는 야외 카페에 앉아 잠시 쉬어도 좋다. 진한 커피를 마시며 거리 풍경을 무심히 바라보고 있노라면 소소한 행복에 젖어 든다.

스페인 바르셀로나로 입국해서 바르셀로나에서 출국까지의 여정을 담은 스페인 여행기를 2021년 출간했다. 생전 처음 내 이름으로 출간하는 책 원고를 쓰는 동안 여행 순간이 오롯이 떠올라서 기뻤고 한편 아쉽기도 했다. 혼자 신나서 쓰다 보니 문장이 늘어지고 중언부언하며 부유하기 일쑤였다. 여행지에서 찍은 사진은 출간을 염두에 둔 것이 아니어서 책자에 담을 사진을 고를 때 애를 먹었다. 그럼에도 불구하고 『중년 부부의 좌충우돌 스페인 여행기』가 출간되어 책을 받아든 순간, 산고 끝에 아기를 안았을 때처럼 가슴 뻐근한 감동과 충만감이 찾아왔다.

코로나 사태가 길어지고 여전히 심각한 상황에서 나 역시 안전하게 집콕 생활을 하며 다시 무료한 나날을 보내고 있다. 다음 여행 일정은 꿈도 못 꾼 채 뻔한 일상을 살아내다 포르투갈 여행기 출간에 도전하기로 했다. 첫 출간은 아내의 60세를 축하하는 남편의 권유로 성사되었다. 『설렘 가득 포르투갈 속으로』는 임인년에 환갑을 맞이한 나의 자축 선물이라고 해야겠다.

서유럽 패키지여행에 이어 동유럽, 북유럽 패키지여행이 유행하더니 요즘엔 스페인과 포르투갈 여행 상품이 종종 홈쇼핑에서 판매되곤 한다. 코로나로 잔뜩 주눅 들고 위축되었다가 다시 일상으로 돌아가면서 보복 소비하듯 보복 여행(?)을 하는 날이 올 것이다. 그때 좀 더 천천히 여유 있게 이국적인 도시들을 돌아보고 싶다면 자유여행을 적극적으로 추천한다.

　우리 부부는 2019년 2월부터 5월까지 이베리아반도를 자동차로 여행했다. 어쩌면 내 생의 처음이자 마지막일지도 모르는 이베리아반도 여행이었기에 여행 일정 설계에 공을 들였다. 3개월 여행 동안 머물 숙소를 찾고 렌터카를 예약하고 도시마다 볼거리들을 찾는 데 시간과 열정을 쏟아부었다. 바르셀로나 왕복 항공권에 맞춰 일정을 짰다.

　2월 21일 바르셀로나를 시작으로 4월 11일 세비야까지 스페인을 여행했다. 4월 12일 포르투갈 파루를 시작으로 5월 3일 브라가까지 3주 동안 포르투갈 여행을 마치고 5월 4일 산띠아고 데 꼼뽀스뗄라부터 5월 18일 바르셀로나까지의 보름 동안 스페인 2차 여행을 마쳤다.

　입국 심사도 없이 너무 싱겁게 포르투갈에 발을 들여놓았다. 포르투갈 첫 도시 파루에선 느릿느릿 거리를 걸어 다녀도 시간이 남았다. 독특한 바위들에 둘러싸인 라구스에선 환상적인 해안 풍경의 일부가 되어 지상낙원에 머물 수 있다. 리스보아라는 정겨운 옛 이름을 가진 리스본에선 노란색, 빨간색 트램과 사랑에 빠져도 좋다. 파두를 들으며 애수에 젖어도 좋고, 해 질 무렵 '타임아웃'이란 근사한 이름의 시장에서 하루를 마감해도 좋다. 유럽의 땅끝인 상 빈센트곶과 호카곶에서 장엄한 대서양과 마주하면 사뭇 숙연해진다. 망망대해에 아픔과 슬픔을 털어내면 마음이 한결 가벼워지는 걸 느낄 수 있다. 숨겨진 보석 같은 신트라와 오비두스는 동화 속 나라로 들어간 유년의 나와 마주할 수 있는 기회를 선물했다. 종교가 다르더라도 세계 3대 성모 발현 성지 파티마에 가면 평온해진다. 침묵과 평화 속 성지에서 위안을 얻는다. 고풍스러운 코임브라 대학교에서 검은 망토 입은 대학생을 보면 『해리포터』의 주인공들을 만난 듯 반갑다. 작은 운하에 몰리세이루(곤도라)가 떠다니는 아베이루, 원색의 줄무늬 집들이 사랑스러운 코스트 노바에선 보물찾기하듯 마을 구석구석을 돌아다니게 된다. 해넘이 무렵 포르투 히베이라 광장에 가면 마법의 순간을 체험할 수 있다. 강과 건물들이 주황색으로 물들어가는 포르투의 황홀한 풍경에 서서히 스며들게 된다. 도시 중앙을 꽃길로 꾸며놓은 브라가에선 꽃들과 눈 맞춤하며 느릿느릿 걸어도 좋다. 낯선 도시에서 게으른 하루를 보내며 소소한 행복을 만끽할 수 있다.

천천히 오래오래 구석구석 누비면서 눈과 마음에 담아

야 할 도시들을 헤아리는 데 열 손가락이 부족하다. 사랑스러운 도시들이 줄줄이 사탕처럼 선물 보따리에서 쏟아지는 나라가 포르투갈이다. 식민지 통치하의 부국은 온데간데없고 쇠락해 가는 포르투갈이 스페인보다 사랑받게 될 날이 곧 올 것이다. 한 번 가면 꼭 다시 가 보고 싶은 나라, 낯설지만 설렘 가득 다가오는 포르투갈 속으로 들어갈 것이다.

2022년 10월
이인화

차례

PORTUGAL

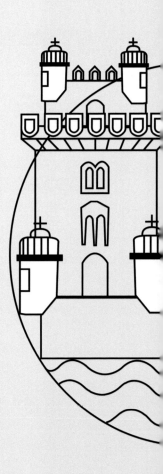

파루(Faro),
내 생의 첫 포르투갈 도시

2월 21일 바르셀로나로 입국해서 4월 11일까지 파랑이
(바르셀로나에서 렌트한 파란색 르노 소형차)와 함께 스페인
을 누비고 다녔다. 그야말로 중년 부부의 좌충우돌 스페
인 여행을 세비야까지 무사히(?) 마쳤다. 드디어 두근두근
설렘 가득 품고 포르투갈로 향한다. 세비야에서 2시간 20
분 거리의 포르투갈 첫 도시 파루로 이동하면서 도로 표
지를 수시로 확인한다. 포르투갈 국경검문소가 보이자 안
도감과 약간의 긴장감이 교차한다. 직원이 건물 밖에 서
있기에 포르투갈에 진입했나 물었더니 그렇단다. 여권에
포르투갈 스탬프를 찍고 싶다고 말했다. 내 웃음에 화답
하듯 직원도 웃으며 스탬프가 없다고 답한다. 헐, 국경검
문소에서 입국 확인 스탬프도 안 찍어 주다니. 다시 물어

도 스탬프는 없단다. 포르투갈에 왜 왔는지, 얼마나 머물 예정인지 묻지도 않고 통과하란다. EU는 하나의 국가라더니 공항 입국 때 확인하면 국경을 그냥 넘는 걸까? 여권에 포르투갈 입국 확인 스탬프를 증거로 남기겠다는 소박한 꿈은 단념해야 했다.

파루 호텔에 짐을 풀고 시내 구경에 나섰다. 여행 책자에서 읽고 메모했던 까르무 성당(Igreja do Carmo)을 찾았다. 스페인 성당과 달라도 이렇게 다를 수가. 흰 벽의 보통 집보다 조금 큰 건물이라 밖에서 보면 성당으로 보이지 않았다. 압도적인 규모와 화려함으로 위용을 자랑하는 스페인 성당에 비해 정말 소박하다. 파란색 타일 아줄레주(Azulejo)로 내부를 단장한 성당은 차분하게 방문객을 맞이한다.

스페인의 대도시들은 수많은 관광객으로 북적거리고 요란해서 흥겨움에 휩싸이곤 했다. 포르투갈 첫인상은 고요와 침잠. 중심가에도 사람은 많지 않고 조용하다.

여행한 지 한 달이 지나 남편 머리가 제법 자라 있다. 원래는 '세비야의 이발사'를 떠올리며, 여행 한 달쯤 되는 세비야에서 이발하는 계획을 세웠다. 우리가 머물렀던 세비야 거리에 미용실이 간혹 눈에 띄었다. 출입문에 이용

요금표가 붙어 있는데 이용 가격이 제법 나가서 남편이 고개를 절레절레 흔들었다. 남편은 한국에서도 제일 가격이 저렴한 미용실만 찾는지라….

파루 시내를 걷다가 남편이 어느 미용실 유리에 붙은 안내문을 스마트폰으로 번역하더니 크게 웃는다. 번역인즉, '수컷 절단 7유로'. 가게 문도 활짝 열어놓고 대놓고 수컷들을 거세시킨다는 거야? 번역은 직역한 죄밖엔 없는데. 우리는 웃다가 의심 가득한 마음 감추고 가게로 들어갔다. 한 달 전 바르셀로나에서 찍은 사진을 보여 주면서 머리를 조금만 다듬어 달라고 말했다. 한껏 멋을 부리고 손님을 기다리던 남자 미용사는 동양인 부부 등장에 적잖이 놀란 눈치였다. 영화 '집으로'의 유승호가 할머니한테 손가락으로 표시하며 "조금만~"이라고 말했듯 나도 계속 조금만을 강조했다. 처음엔 아주 조금씩, 티도 안 나게 가위질하고 머리카락 털어내기를 반복하며 내게 확인했다. 내가 고개를 끄덕일 때마다 조금씩 다듬기에 '이러다 날 새도 머리 못 깎겠네' 하는 불만이 스멀스멀 마음을 잠식했다. 뒤와 옆을 조심스레 다듬더니 남편 앞에 선 미용사는 갑자기 앞머리를 한 번에 싹둑 잘랐다. 웬만한 연예인들도 시도하기 어렵다는 처피뱅의 남편 얼굴이 눈에 들어온다. 놀라서 "아, 어머나" 하며 호빵맨이 된 남편의 동

그란 얼굴을 보고 나도 모르게 웃고 말았다. 내 웃음에 미용사는 만족의 표시인 줄 알고 따라서 웃고…. 거울로 자기 앞머리를 확인한 남편은 동공 지진을 일으킨다. 그리곤 원망스러운 눈길을 내게 보낸다.

자신의 노고와 예술 열정으로 받은 이발 비용에 미소 짓는 미용사를 뒤로하고 거리로 나섰다. 남편은 자기 인물 버려놓은 미용사를 원망하다 내게 불평을 늘어놓았다. 자기 머리를 그렇게 만들도록 보고만 있었다고. "머리는 금방 자라니까 걱정하지 말아요"라고 위로했더니, "머리 자랄 때는 스페인으로 돌아가서 귀국할 텐데…"라며 세비야에서 이발하지 않은 것을 두고두고 후회했다.

포르투갈 입국 신고식은 '수컷 절단' 대신, '앞머리 실종 사건'이다.

고속도로 포르투갈 표지

파루 지명 표지

파루 시내

상 빈센트곶(Cabo de São Vicente), 이베리아 최남서단에서 대서양과 마주하다

평소 거울을 안 보던 남편이 파루에서 앞머리 절단 사건을 겪은 후 거울을 자주 보며 한숨 쉰다. 그럴 때마다 난 웃음을 꾹 누르고 "자외선이 강하니 모자 쓰면 전혀 티 안 나"라고 위로 아닌 위로를 건넨다.

파루를 떠나기 전에 빨간 하트 옆 'Faro' 지명 조형물을 사진에 담는다. 성인 키를 훌쩍 넘는 커다란 하트 앞에서 서성이다 근처 벼룩시장에 눈길이 갔다. 코르크로 만든 다양한 공예품들이 관광객을 유혹한다. 가판대들을 기웃거리며 구경하다 가볍고 화사한 선글라스 케이스와 동전 지갑을 골랐다. 알록달록한 물고기와 꽃들이 그려진 코르크 선글라스 케이스와 동전 지갑에 마음도 환해진다. 스페인 론다에서 구매한 코르크 핸드백과 포르투갈 파루에서 찾아낸 소품의 멋진 조합을 보며 내 안목에 스스로 만족했다.

상 빈센트곶(Cabo de São Vicente)까지 1시간 30분 동안은 시골길 같은 지방도로를 달린다. 도로는 한산하고 길가 나무들만 스쳐 지나는 심심한 도로를 달린다. 더러 마을들도 지나지만 조용하고 평화롭다 못해 쓸쓸하게 보인다.

드디어 포르투갈 최남서단에 닿았다. 차에서 내리자 거센 바람을 견디기 위해 납작 엎드린 풀들이 눈에 들어온다. 이름 모를 예쁜 꽃들도 낮게 포복한 채 온 들판을 채우고 있다. 바람을 견디며 작은 몸뚱이가 땅을 붙들고 있다. 자신의 운명에 순종하듯 키를 낮춘 작은 생명들을 보니 가슴이 먹먹해진다. 살겠다고 애쓰는 그 모습이 짠하면서도 대견하다.

풀이 눕는다 / 바람보다도 더 빨리 눕는다 / 바람보다도 더 빨리 울고 / 바람보다 먼저 일어난다 / 날이 흐리고 풀이 눕는다 / 발목까지 / 발밑까지 눕는다 / 바람보다 늦게 누워도 / 바람보다 먼저 일어나고 / 바람보다 늦게 울어도 / 바람보다 먼저 웃는다 / 날이 흐리고 풀뿌리가 눕는다 - 김수영, 「풀」

대서양의 거친 바람이 소금기 가득 품고 몰려올 때, 풀들은 잔뜩 겁먹고 바람보다 먼저 납작 엎드려 견디겠지. 살아내겠다고, 살아낼 수 있다고…. 대지에 엎드린 채 온 들판을 채운 풀과 야생화들이 내 발걸음을 늦춘다. 미치도록 보고 싶었던 푸르디푸른 대서양이 저 앞에 있음에도 낮은 생명들에 자꾸 눈길이 간다.

그리고 들판 멀리 땅이 끝나는 곳, 가파른 절벽 끝에 빨간 등대가 보인다. 절벽 아래 해안선엔 거침없는 대서양 파도가 절벽을 위협한다. 아찔한 높이의 절벽과 끝없는 해안선으로 소금기 머금은 바람이 불어온다. 망망대해에서 작은 배에 의지해 지친 몸을 이끌고 돌아오는 어부들을 상상한다. 귀항이 불가능할 것 같아 절망감에 빠져 있을 때, 저 빨간 등대를 보면 얼마나 반가웠을까. 빨간 등대가 강력한 흡인력으로 우릴 부른다. 파란 하늘과 서슬퍼런 바다 사이에 수직으로 뻗은 빨간 등대. 등대 전망대에 카페가 있어 자릴 잡았다. 커피를 주문하고 등대와 대형 의자(등대 배경으로 앉아서 사진 찍기 좋게 놓인 의자)에 올라 사진 찍는 사람들을 바라본다. 스페인 여행도 꿈만 같았는데 여기 포르투갈 최남단 등대 앞에 앉아 진한 커피를 마시는 행운에 감사한 오늘이다.

상 빈센트곶 야생화

상 빈센트곶 카페

상 빈센트곶

절벽에 서서 아득한 수평선을 하염없이 바라본다. 바다
와 맞닿은 수평선엔 하얀 구름(해무일지도)이 두껍게 내려
와 바다와 경계를 이룬다. 그 너머엔 아무것도 없을 것 같
다. 지구가 둥글다는 걸 알면서도 세상의 끝과 마주한 듯
엄숙해진다.

50여 년 살아내며 이 악물고 버텨낸 날들로 심각한 번
아웃이 왔다. 시계추처럼 직장과 집을 오가며 일 중독에
허우적거리다 보니 어느덧 중년이 되었다. 고장 난 오르골
처럼 제자리를 맴돌며 몸도 마음도 병들어 갔다. 척박한
땅에 뿌리 내리고 억척스럽게 살아내는 야생화와 풀들을
보며 위안을 얻는다. 거센 비바람을 온몸으로 막아내며
생사의 갈림길에 선 적도 많았겠지. 바람을 미처 피하지
못해서 온몸으로 바람을 맞고 휘청거리더라도 괜찮다고,
바람은 지나갈 거라고 내게 위로의 말을 건넨다.

라구스(Lagos),
해안절벽이 병풍처럼 에워싼
바닷가 지상낙원

라구스(Lagos)에 머물 호텔까지의 거리는 40분 남짓이
지만 눈길을 사로잡는 바닷가에 차를 세우고 바다를 바라
보고 또 바라봤다. 4월 중순이지만 바람이 쌀쌀한데 서퍼
들은 파도를 고르며 서핑을 시도하고 있다. 보기만 해도
두려운 거센 파도에 오르는 서퍼들을 보며 그들의 도전정
신에 감탄했다. 드높은 파도를 골라 서핑을 시도하다 파
도 속으로 곤두박질하면서도 계속 파도에 오르는 모습을
한동안 바라봤다.

스페인 남쪽에서 만난 쪽빛 지중해는 온화하게 이방인
을 맞이했다. 파란 바다를 끼고 있는 평화로운 풍경이 마
음을 사로잡아서 넋 놓고 바라보곤 했다. 이곳 포르투갈
의 대서양은 거친 생명력과 위력으로 마음을 헤집고 들어

온다. 같은 이베리아반도에 나란히 위치했지만 다른 바다
를 끼고 있고 기후도 다른 두 나라가 신기하다.

라구스의 도나 아나 해변(Praia Dona Ana)에 있는 호텔
에 짐을 풀고 바다로 향했다. 여행 책자에 수록된 사진 그
대로의 매력적인 해변 풍경이 한눈에 들어온다. 독특한
바위가 에워싸고 있는 해안선은 한적하고 평화롭다. 황토
색 바위들과 파란 바다가 어우러진 해안을 지상낙원이라
고 생각했다. 한 시간 전 마주한 상 빈센트곶의 서슬 퍼런
파도는 인간이 감히 맞설 수 없는 자연의 위력을 느끼게
했다. 도나 아나 해변은 파도도 잔잔하고 물도 얕아서 아
이들이 뛰어들어 놀기 좋은 곳이다. 파란 하늘과 바다를
바라보는 것만으로도 눈과 마음이 정화된다.

라구스 도나 아나 해변

라구스 도나 아나 해변

라구스에선 카약을 타고 신기한 해안 동굴 체험을 할 수도 있다. 우린 1~2시간 노 저으며 카약을 타고 동굴 탐험을 하는 대신 여유로운 바닷가 산책을 즐겼다. 호주 그레이트 오션 로드(Great Ocean Road)의 12사도 바위를 연상시키는 바위들을 바라봤다. 파도와 바람이 만든 멋진 자연 조각들이 점점이 떠 있다. 인적 없는 바닷가 풍경을 마음에 담으며 유유자적 산책하는 것만으로도 넘치도록 행복하다.

늦은 오후 슈퍼마켓을 찾아가다 공사가 중단된 리조트를 보게 됐다. 제법 형태를 갖춘 큰 규모의 리조트가 볼썽사나운 콘크리트 구조물로 낡아가고 있다. 십 년 전 미국에서 시작된 경제위기 때 유럽에서 큰 타격을 입은 나라가 포르투갈이라고 뉴스에서 소개했던 기억이 난다. 그때 그리스, 포르투갈이 경제위기 직격탄을 맞아서 힘들다고 하더니 그 여파인지 모르겠다. 라구스 해안 정도라면 관광객들이 많이 몰려들 것이고 리조트도 인기를 끌었을 텐데, 버려진 구조물의 낙서가 처량함을 더한다.

저녁거리와 와인을 사서 계산하며 내가 알고 있는 스페인어 "그라시아스(Gracias)"라고 인사하니, 계산대 아주머니가 "오브리가도(Obrigado)"라고 대답한다. 추측건대 포르투갈어로 '감사합니다'란 의미의 단어가 '오브리가도'인가 보다. 발음할 때마다 기분 좋게 만드는 오브리가도.

리스본(Lisbon/Lisboa),
트램과 푸니쿨라가 만든 비현실적 거리 풍경

라구스에서 다음 목적지 리스본까지는 3시간 거리다. 시간 여유가 있어서 고요한 아침 해변을 산책했다. 잔잔한 물결이 일렁이는 바다에 아침 햇살이 퍼지는 모습은 눈이 부시게 아름답다. 아프로디테가 파도에 실려 수줍게 해변으로 밀려온다고 해도 전혀 이상하지 않을 정도로. 파란 하늘과 바다가 만나는 수평선에 햇빛이 쏟아지며 푸른색이 일렁인다. 평화로운 바닷가를 오붓하게 즐길 땐 몇 시간 후 한바탕 소동이 일어날 걸 예상 못 했다.

고속도로 휴게소에 들러 운전을 교대하려던 남편이 카메라를 찾는다. 내 가방에 카메라가 있는지 잘 살피라고 해서 가방을 거꾸로 털면서 보여 주었다. 그러자 남편은 캐리어들을 주차장 바닥에 꺼내서 샅샅이 뒤진다. 캐리어들을 모조리 뒤져도 카메라가 없다. 카메라에 발이 달려 도망갈 리도 없건만. 갑자기 화살이 내게 날아온다. 부주의한 내가 카메라를 호텔에 두고 온 게 아니냐고 묻는다. 지난밤 남편이 사진 정리하며 만진 카메라를 내가 알 리 없는데….

꼼꼼한 남편은 늘 덜렁거리는 내가 물건을 안 챙기거나 놓고 다닌다고 흉보곤 했는데, 이번 일은 정말 억울하다. 억울한 누명을 벗기 위해 만용을 부렸다. "내가 호텔에 전화해서 물어볼게"라고 말하고 전화를 걸었다. 영어로 더듬더듬 어제 ○○호에 머물렀던 한국인인데 카메라를 놓고 왔다고 말했다. 친절한 매니저가 카메라를 보관하고 있다며, 내일 찾으러 오겠냐고 물었다. 아니, 지금 당장 가겠다고 말했다. "호텔 종업원이 청소하다 카메라를 발견해서 매니저에게 주었대. 호텔에서 보관하고 있으니 내일 오겠냐고 해서 지금 가겠다고 했어. 지금 당장 라구스로 출~발"이라고 보고했더니 남편은 믿기 힘들다는 눈길로 되묻는다. 정말 매니저가 그렇게 말했냐고…. 내 말을 못 믿겠으면 전화해서 직접 확인해 보라고 하자 급히 차에 오르더니 시동을 건다. 고속도로를 1시간 30분 정도 달려서 라구스로 향하는 동안 남편은 마음이 급했다. 평소엔 침착하고 이성적인 남편인데 평정심을 잃고 서둘렀다. 온 길

을 되돌아서 오늘의 최종 목적지까지 가야 하기에 속도를
냈다.

호텔 매니저는 헐레벌떡 뛰어든 우리 부부를 웃으며 맞
이했다. 매니저가 카메라 기종과 색깔을 묻고는 카메라를
건네주었다. 어디서 발견했냐고 물었더니 책상 너머 구석
에 있었다고 했다. 친절한 매니저에게 몇 번이나 감사 인
사를 하고 라구스를 떠났다.

호텔을 떠나 오늘의 목적지로 향하는 길. 리스본 에어
비앤비 숙소 관리인과 만나기로 한 약속 시간을 못 지킬
까 봐 남편은 초조해한다. 리스본이 가까워지면서 차량이
많아지고 속도가 줄더니, 4월 25일 다리 근처에선 차량 정
체가 심각하다. 테주강(Rio Tajo) 너머 리스본은 뿌옇게
흐려 있어서 도무지 무슨 상황인지 알 수 없다. 답답한 정
체 상황에도 차들이 조금씩 움직여서 우리가 머물 아파트
근처에 도착했다.

조바심을 내며 운전한 덕분에 숙소 관리인을 만나기로
한 약속 시간을 지킬 수 있다고 안도한 것도 잠시, 이번엔
내비게이션이 가리키는 좁은 언덕길을 차량 진입 방지용
돌기둥이 막아서고 있다. 높이 40~50㎝ 정도의 듬직한 돌
기둥은 어떤 차량도 온몸으로 막아낼 기세다. 남편은 비
상등을 켜고 언덕길 한편에 정차해 있고 조수석의 내가

숙소를 찾아 가파른 언덕길을 올랐다. 지나가는 사람들에게 주소를 보여 주고 에어비앤비 관리인인가 묻고 정신이 하나도 없다. 호스트를 대신해서 숙소를 관리하는 중년 아줌마가 골목길에서 헤매는 내 앞에 뒤늦게 나타났다. 자기는 데이트 시간에 늦었다며 아파트 열쇠를 서둘러 내게 건네려고 한다. 저기 언덕 아래에서 남편이 기다린다고 거듭 말해도 소용없다. 그녀는 내게 열쇠만 넘기고 바로 떠날 기세다. 우리 차를 어떻게 이 길로 통과시켜야 하냐고 물었더니, 그때야 나와 함께 언덕 아래로 내려간다. 진입로 옆 기둥에 카드를 태그한다. 그러자 완고하게 차량 진입을 막고 서 있던 돌기둥이 스르르 아래로 내려가며 길을 내준다. 데이트에 들뜬 아줌마는 잊지 못할 해프닝을 선물하고 우리를 떠났다. 내가 대충 알아들은 대로 아파트 뒤에 주차하고 숙소로 짐을 옮겼다.

아파트에서 나와 슈퍼마켓을 찾아 나섰다. 좁고 가파른 언덕길을 헉헉거리며 헤매고 다녔다. 리스본에서 한 달만 살면 남편의 배가 쏙 들어갈 것 같다. 슈퍼마켓 가는 길에 리스본의 트레이드마크인 노란색 트램(Tram)을 만났다. 트램이 지나가는 거리 풍경은 시간을 거스른 듯 비현실적이다. 노란 트램이 지나가는 거리 풍경은 평화롭고 아름답다. 사랑스럽고 천진난만한 노란 트램에 탄 관광객들 표

정에 행복이 묻어난다. 현지인들은 움직이는 트램에서 가
볍게 뛰어내리기도 한다.

걷다 보니 큰길 옆 골목길에 관광객 수십 명이 웅성거리
고 서 있는 모습이 보인다. 우리도 그 무리에 합류해서 무
슨 구경거리가 있나 주변을 살핀다. 알록달록한 푸니쿨라
(Funicular)가 좁고 가파른 언덕으로 씩씩하게 올라온다.
푸니쿨라는 원색의 그래피티로 온몸을 장식하고 장난감
기차처럼 깜찍하게 등장한다. 푸니쿨라의 앙증맞은 모습
에 관광객들이 환호하며 몰려들어 사진을 찍는다. 푸니쿨
라에서 내린 사람들도 떠나지 않고 사랑 듬뿍 담긴 눈길
을 녀석에게 보낸다. 푸니쿨라 앞에서 모두 함박웃음 지
으며 사진 찍기 바쁘다.

노란 트램과 귀여운 푸니쿨라 구경을 마치고 가볍게 장
을 봤다. 기분 좋게 숙소로 돌아가서 또 난감한 상황과
마주했다. 4월 중순이지만 저녁이 되니 집안에서도 한기
가 느껴진다. 세탁기를 돌리며 방과 거실에 있는 라디에이
터를 틀었더니 전기가 나갔다. 암흑 속 스마트폰에 의지해
서 두꺼비집을 찾아 전기가 돌아오게 했다. 세탁기를 돌
렸더니 다시 정전 사태가 발생했다. 남편이 에어비앤비 호
스트에게 이 황당한 상황에 대해 문자를 보냈다. 이곳은
옛날 아파트라 전압이 약하니 조심해서 사용하라는 답이

돌아왔다. 우린 오늘 온종일 머피의 법칙에 혼쭐나고 있다. 카메라 분실 소동, 언덕길 진입 차단 돌기둥, 그리고 아파트 정전 사태까지….

리스본

푸니쿨라

리스본 트램

세탁기를 돌리는 동안엔 추위도 난방을 할 수 없고, 난방하려면 다른 전기용품 사용을 자제해야 한다. 리스본의 오래된 아파트에서 닷새 머무는 동안 본의 아니게 투철한 절전 생활을 실천했다. 그동안 집에서 불필요하게 전등 켜놓고 전기를 낭비한, 무절제한(?) 전기 낭비 생활에 대한 벌을 받듯 전기를 아끼고 아끼며 생활했다.

우리가 머문 숙소는 리스본 구시가지의 오래된 아파트지만 테주강을 조망할 수 있다는 장점이 있다. 언제 정전될지 모르는 상황이라 조명은 최대한 줄이고 테주강 야경을 보며 와인을 마셨다. 리스본 진입 한번 요란하게 했다며 웃었다. 리스본 한 달 살기도 아니고 닷새 살이를 위해 제법 호된 신고식을 치른 셈이다. 첩보영화의 한 장면처럼 돌기둥이 스르르 내려가고 울퉁불퉁한 돌길이 열릴 때의 그 신기함이란…. 과장을 보태자면 그 순간은 내게 모세의 홍해 기적과도 같았다.

다음 날 일어나자마자 테주강의 아침을 감상할 요량으로 창 앞에 섰다. 저녁에 바라본 테주강이 안 보인다. 온 세상을 하얀 목화솜이 뒤덮은 것 같다. 리스본에 머무는 동안 매일 아침을 우윳빛 안개와 함께 맞이했다. 유리창 너머 테주강의 짙은 안개 때문에 시간도 가늠할 수 없다.

슬픔을 머금은 묵직한 안개가 세상을 삼킨다. 안개가 걷힐 때까지 침잠의 시간이다.

시아두 지구 언덕 중간쯤 위치한 우리 숙소에서 5분 정도 가파른 언덕을 올라가면 28번 트램이 지나는 큰길에 이른다. 그 길 따라 조금 걷다 보면 어제 처음 만나고 환호했던 푸니쿨라 정거장에 닿는다. 푸니쿨라를 기다리는 사람들 곁에 서 있다가 오늘도 푸니쿨라에 눈도장을 찍는다.

비카선(Asecnsor da Bica) 푸니쿨라를 보고 조금 더 걸어가면 카몽이스 광장(Praça Luís de Camões)이 나타난다. 포르투갈 사람들이 국민 시인으로 추앙하는 루이스 바스 드 카몽이스(Luís Vaz de Camões) 동상이 있는 광장엔 트램 정거장이 있어 사람들이 많다. 광장 한편에 있는 카페 앞 테이블에 앉은 자세의 신사 동상이 있다. 포르투갈 사람들이 사랑하는 20세기 모더니즘 시인이자 평론가인 페르난도 페소아(Fernando António Nogueira Pesso) 동상이다. 관광객들이 차례를 기다려 페소아 팔에 손을 얹고 기념사진을 찍는다. 아침 안개가 사라지면서 눈부신 태양이 광장과 거리를 비춘다. 카몽이스 광장에서 트램을 기다리는 사람들과 거리 관광에 나선 관광객들 모두 표정이 밝다. 카몽이스 광장을 지나 영업 준비하는 상가들을 구경하며 내리막길을 내려가면 번화한 아우구스타 거리(Rua Augusta)가 나타난다. 손님맞이로 분주한 아우구스타 거리 식당과 카페들을 구경하며 근처 호시우 광장(Praça do Rossio)으로 향한다.

페르난도 페소아 동상

트램과 푸니쿨라가 만든 비현실적 거리 풍경

루이스 카몽이스 동상

카몽이스 광장 트램 정거장

거대한 물결무늬 모자이크 바닥이 멋스러운 호시우 광장 분수가 물을 내뿜고 있다. 광장 한편 리스보아 카드(Risboa Card)를 판매하는 가판대엔 관광객들이 줄지어 서 있다. 리스보아 카드는 24시간, 48시간, 72시간 이용에 따라 가격이 다르다. 리스보아 카드로 제로니무스 수도원(Mosteiro dos Jerónimos)을 비롯해서 유료 박물관들과 트램을 무제한 이용할 수 있다고 책자에 소개되어 있다. 리스보아 카드를 구매하고 광장에 있는 다양한 가판대 구경에 나섰다. 꽃, 기념품, 액세서리 등을 파는 작은 가판대들 사이에서 카페 가판대를 발견했다. '커피(카페)와 에그타르트(파스텔 드 나타)'를 2유로에 판다는 메모가 유혹한다. 커피와 에그타르트를 사서 분수 근처에 앉았다. 고소한 버터 향이 유혹하는, 포르투갈에서의 첫 에그타르트를 맛본다. 파란 하늘과 시원하게 물줄기를 뿜어내는 분수, 멋진 물결무늬 바닥이 만든 조화가 완벽하다. 게다가 바삭한 에그타르트와 진한 커피가 그 멋진 풍경에 화룡점정을 찍는다. 1유로의 커피라고는 믿어지지 않는 진한 커피에 뇌세포가 깨어난다.

이베리아반도가 로마의 지배를 받을 때, 호시우 광장에서 대전차 경기도 했다고 한다. 1755년 11월 1일은 만성절

(기독교에서 모든 성인을 기리는 날)이라 아침부터 모든 성당
엔 사람들이 모여 미사를 드리고 있었다고 한다. 진도 9
로 추정되는 강진이 성당과 건물들을 강타하면서 건물들
이 붕괴되었다고 한다. 설상가상 성당을 밝히던 촛불이
화재를 일으키면서 리스본은 아수라장으로 변했고. 성인
을 기리고 신께 축복을 빌러 모였던 선량한 시민들은 대
재앙에 혼비백산했을 터. 건물에서 빠져나온 사람들은 언
덕 아래 항구 쪽으로 향했으나 그들을 덮친 것은 십여 미
터의 거대한 해일이었다고 한다. 유럽에서 일어난 자연재
해 중 가장 피해가 컸다는 리스본 대지진으로 수만 명이
희생되었다고 한다.

평화롭고 아름다운 이 광장이 264년 전엔 절망과 고통
의 아수라장이었다는 게 믿어지지 않는다. 리스본 건물의
90% 정도가 파괴된 가운데 주제 1세(Jose I) 왕으로부터
전권을 위임받은 폼발(Pombal) 후작 세바스티앙 조제 드
카르발류 이 멜루(Sebastião José de Carvalho e Melo) 장
관의 지휘 아래 시민들은 리스본 피해를 수습했다고 한
다. 살아남은 자는 슬퍼할 겨를도 없이 가족과 이웃을 위
해 리스본을 재정비했으리라.

호시우 광장 분수　　　　호시우 광장 가판대 카페

헤스타우라도레스 광장

호시우 광장 근처를 걷다가 헤스타우라도레스 광장 (praça dos Restauradores) 오벨리스크까지 구경했다. 촌놈 서울 구경하듯 여기저기 두리번거리다 보니 몇 개의 광장을 지나며 리스본을 누비고 다닌다. 호시우 광장 근처 피게이라 광장(Praça da Figueira)으로 이동한다. 피게이라 광장엔 트램 탑승장이 여러 군데 있다. 광장에서 트램을 타면 벨렝탑(Torre de Belém)과 제로니무스 수도원 (Mosteiro dos Jerónimos)에 갈 수 있다고 해서 광장을 둘러봤다. 내일은 리스보아 카드를 이용해서 리스본의 명소들을 관광할 예정이다. 리스보아 카드를 알차게 활용하기 위해서 트램 탑승 장소까지 확인했다.

타임아웃 마켓

산타 주스타 엘리베이터

피게이라 광장에서 빠져나와 식당과 상가들이 양쪽으로 늘어선 아우구스타 거리로 향했다. 번화가에서 산타 주스타 엘리베이터(Elevador de Santa Justa)를 만났다. 1902년에 만들어진 엘리베이터가 리스본 언덕을 오르내린다고 소개한 여행 책자 내용이 의아했었다. 언덕 아래에서 언덕 위로 사람들을 이동시키는 야외 엘리베이터를 백 년 전에 설치했다는 것도 믿어지지 않았다. 실물을 보고서야 언덕 이동 수단으로 계단이 아닌 엘리베이터를 설치한 선견지명(先見之明)에 탄복했다. 독창적인 외관을 자랑하는 엘리베이터는 리스본 명물이란다. 엘리베이터를 타고 올라가면 리스본 전경을 감상할 수 있다는 책자 내용도 직접 보고서야 이해했다. 그야말로 백문(百聞)이 불여일견(不如一見)이다. 탑승 대기 줄이 길어서 1시간은 기다려야 탑승이 가능할 것 같다. 이 엘리베이터도 리스보아 카드로 탑승할 수 있다는데 우린 내일 타 보기로 했다.

아침에 내려간 언덕길을 오르며 거리 양쪽 상가들과 언덕 사이사이 골목들을 구경한다. 가파르고 좁은 언덕길 양쪽엔 집들이 빼곡하다. 호흡기가 안 좋은 나는 언덕길을 오르며 계속 헉헉거린다. 언덕 아래에서 출발한 산타 주스타 엘리베이터가 탑승객을 내려놓는 지점까지 찾아간다. 엘리베이터에서 내린 후 계단을 통해 산타 주스타 전망대에 오르면 리스본 구시가지가 한눈에 들어온다. 파란 하늘과 하얀 구름 아래 맞은편 알파마(Alfama) 지구의 상 조르즈성(Castelo de São Jorge)이 병풍처럼 서 있다. 내 발아래 붉은 지붕의 집들은 꽃밭을 연상시킨다. 앙상하게 뼈대만 남은 까르무 산타 마리아 수도원(Igreja do Convento de Santa Maria do Carmo)을 보며 리스본 대지진의 위력을 확인한다.

온종일 언덕을 오르내리며 광장들과 거리를 보고 하루의 마감은 타임아웃 마켓(TimeOut Market)에서 보내기로 한다. 마드리드 산 미구엘(San Miguel) 시장에서 많은 사람에 둘러싸여 타파스와 맥주를 즐겼던 추억 때문에 기대가 컸다. 타임아웃 마켓은 예상보다 넓고 매력적인 공간이다. 넓은 홀엔 수백 명이 앉을 수 있는 테이블이 있다. 이미 빈자리가 없을 정도로 사랑받는 명소엔 흥겨움이 넘친다. 각자 구매한 음식과 맥주를 앞에 두고 웃고 이야기하며 떠들썩한 분위기에 취해 있다. 홀 가장자리 소규모 식당들은 다양한 메뉴로 손님을 유혹한다. 식당 한쪽에 자리 잡고 앉아서 감바스(새우) 안주와 맥주를 주문했다. 들뜬 관광객들 열기에 휩싸여서 우리도 리스보아를 위해 축배를 든다. 길 위의 삶에 감사하며, "비바 라 비다(Viva la Vida)".

리스본 관광 둘째 날, 리스보아 카드를 이용해서 리스본 관광 명소들을 알차게 돌아보는 날이다. 제로니무스 수도원(Mosteiro dos Jerónimos)으로 가는 트램을 타기 위해 어제 걸었던 거리를 지난다. 오늘도 관광객들은 28번 노란색 트램과 푸니쿨라를 보며 환호한다. 카몽이스 광장을 지키는 루이스 카몽이스와 페르난도 페소아 동상은 여전히 인기 만점이다. 트램을 기다리는 사람들로 북적이는 광장을 지나 언덕을 내려간다.

호시우 광장의 콘페이타리아 나시오날(Confeitaria Nacional) 빵집이 눈길을 끈다. 1829년 문을 열었으니 190년 역사의 장수 빵집이다. 잠시 들러 파스텔 드 나타(Pastel de nata)와 커피를 맛보기로 한다. 1층 진열대엔 먹음직스러운 빵들이 진열되어 있다. 시각과 후각을 자극하는 빵들이 손님들을 유혹한다. 2층 홀은 손님이 없어 한적했다. 카페(커피)와 우리가 에그타르트라고 부르는 파스텔 드 나타를 주문했다. 우연히 발견한 빵집에서 맛본 에그타르트는 겉바속촉의 촉감과 고소한 버터 향과 혀를 자극하는 달콤함으로 오감을 자극한다. 유서 깊은 빵집에 들러 카페인과 당을 보충하고 오늘의 목적지를 향해서 출발한다.

피게이라 광장에서 리스본의 명소들이 있는 벨렝

(Belém) 지구로 가기 위해 15번 트램을 탔다. 트램에 탑승하며 리스보아 카드를 태그한 순간부터 시간 카운트가 시작된다. 리스본을 상징하는 낡은 트램이 아니라서 조금은 서운했다. 그래도 리스본에서 처음 탄 트램이 가슴 설레게 한다. 트램 창밖 너머로 리스본 시내 풍경을 바라본다. 좁은 도로 양옆으로 이어진 오래된 건물들과 낯선 거리가 만든 이국적인 풍경이 신선하다. 거리 풍경 감상하라고 느리게 움직이는 트램 속도에 감사하다.

콘페이타이라 나시오날

커피와 나타

피게이라 광장

트램에서 우르르 관광객이 내리는 곳에 웅장한 제로니무스 수도원(Mosteiro dos Jerónimos)이 넓은 품으로 방문객을 맞이한다. 유럽 최초로 인도 항로를 개척한 바스쿠 다 가마(Vasco da Gama)의 귀환을 축하하기 위해 대규모 수도원이 건설되었다고 한다. 포르투갈 대항해 시대의 초석을 마련한 엔히크(Infante Dom Henrique de Avis) 왕자가 뱃사람들의 무사 귀환을 기원하며 지었다는 산타 마리아 예배당 자리에 1552년 제로니무스 수도원이 완성되었다.

리스본 대지진 때에도 피해를 피한 수도원은 벨렝탑(Torre de Belém)과 함께 유네스코 세계문화유산으로 등재되어 있다. 수도원 안 웅장한 회랑과 중정 뜰에는 500년 가까운 세월 흔적이 고스란히 남아 있다. 긴 회랑의 듬직한 기둥들이 수백 년 역사의 무게를 지탱하고 있다. 회랑을 장식한 아치형 창과 섬세한 조각들은 고풍스러움을 더한다. 2층에서 내려다본 예배당엔 범접할 수 없는 경건한 분위기가 감싸고 있다. 고목 같은 기둥들은 오랜 세월의 무게를 견디며 우직하게 성당을 떠받치고 있다. 스테인드글라스는 우아한 빛으로 성당에 성스러움을 더한다. 엄숙한 분위기에 관광객들은 들뜬 마음을 가라앉히고 고요의 바다에 잠긴다. '지금 침묵하지 않는 자는 모두 유죄!'

제로니무스 수도원 전경

제로니무스 수도원

제로니무스 수도원의 아치형 창

파스데이스 드 벨렝 앞

제로니무스 수도원

수도원에서 나와 근처 파스텔 드 나타의 성지로 알려진 파스데이스 드 벨렝(Pastéis de Belém)으로 향했다. 1837년에 문을 연 가게 밖 긴 대기 줄이 명성을 확인하게 한다. 우리도 긴 줄 끝에 서서 대기하다 파스텔 드 나타를 샀다. 가게 안은 북새통이라 매장에서 시식하는 것은 포기했다. 갓 구워내서 따끈한 파스텔 드 나타를 들고 트램 정거장 근처 야외 카페로 향했다. 한 입 베어 문 파스텔 드 나타는 감탄을 자아내게 한다. 아침에도 190년 역사를 자랑하는 빵집에서 요 녀석을 베어 물고 행복했는데, 몇 시간 안 되어 맛집에서 갓 구워낸 파스텔 드 나타를 먹으며 행복을 재충전한다. 어린아이처럼 빵 하나로도 이렇게 행복할 수 있다는 걸 깨닫는다. 포르투갈에 왔으니 원조 에그타르트를 원 없이 먹고 돌아가기로 한다. 이후로도 여러 도시에서 파스텔 드 나타 사랑을 실천했다. 단 음식을 질색하는 남편도 바삭한 나타가 마음에 드는지 커피와 함께 즐긴다.

다음 목적지인 아주다 궁전(Palácio da Ajuda)으로 가는 교통편을 사람들에게 물어봤다. 트램 정거장을 알려주는 사람들이 제각각의 장소를 가리켜서 헤매다 겨우 버스를 탔다. 아주다 궁전에도 리스보아 카드로 입장이 가능하다. 리스본 대지진 때 코메르시우 광장(Praça do

Comércio)에 있던 히베이라 궁전(Paço da Ribeira)이 파괴되자 당시 왕이었던 주제 1세가 아주다 언덕에 궁전을 건설하게 했다고 한다. 주제 1세는 대지진 때 가족들과 리스본 외곽에 있어서 화는 면했으나 초토화된 도시와 희생된 국민으로 인해 마음의 병까지 얻었다고 한다.

리스본의 다른 명소에 비해 덜 알려져서 그런지 궁전 안은 한산하다. 화려한 방들을 천천히 여유 있게 둘러볼 수 있다. 벽면을 장식한 대형 테피스트리와 붉은 양탄자가 샹들리에 아래서 관람객을 맞이한다. 왕실에서 사용했던 식기들도 식탁에 진열되어 있다. 청나라 도자기와 일본 도자기들이 전시된 방을 보면서 당시 유럽 왕족이나 귀족이 동양 도자기 사랑에 빠졌던 걸 확인했다. 만일, 그들이 한국 도자기를 봤다면 청자와 백자의 고결한 매력에 빠져들었겠지.

아주다 궁전

아주다 궁전 식탁

아주다 궁전을 찾는 사람이 적어서인지 버스가 오지 않는다. 아주다 궁전에서 하차한 버스 정거장엔 손님을 기다리는 택시가 몇 대 있을 뿐이다. 주변에 있는 사람에게 우리는 벨렝 지구로 가는 버스를 기다린다고 말했다. 아주다 궁전에서 조금 떨어진 버스 정거장으로 가서 버스를 타라고 알려 준다. 택시를 탈까 망설이다 근처 버스 정거장까지 터덜터덜 걸어갔다. 그 버스 정거장에서도 한참을 기다려서야 버스를 탈 수 있었다. 버스 기다린 시간이 아깝기도 하고 버스를 꼭 타고 말겠다는 오기가 발동해서 잘못된 선택을 한 셈이다. 먼 거리가 아니니 걸어서 이동하거나 택시를 타는 선택지가 있는데 뭔가에 홀린 듯 버스만 고집했다. 우리 부부 둘 다 잠시 이성적인 판단 기능이 정지되었던 것 같다. 아주다 궁전에서 나온 지 한 시간이 지나서 제로니무스 수도원 근처로 돌아갔다. 수도원 맞은편으로 향한다. 다음 목적지는 테주강변에 우뚝 서 있는 발견의 기념비(Padrão dos Descobrimentos)다. 발견의 기념비에서 15분쯤 강변을 따라 걸어가면 벨렝탑(Torre de Belém)에 닿는다.

발견의 기념비는 항해의 왕자라고 알려진 엔히크 왕자 탄생 500주년을 기념하기 위해 1960년에 건립되었다. 기념비 제일 앞에 엔히크 왕자가 서 있고 그 뒤로 포르투갈의 유명인들과 학자들이 자리하고 있다. 엔히크 왕자는 포르투갈 남단 라구스 근처 사그레스(Sagres)에서 학자들을 모아 항해술을 연구하고 아프리카 항로 개척을 지원했다. 당시엔 서아프리카 보자도르곶(Cabo Bojador) 남쪽으로 항해하는 것을 불가능하게 여겼다고 한다. 보자도르곶 근처 바다가 펄펄 끓고 괴물이 살고 있다는 미신 때문에 항해사들이 두려워했다고 전해진다. 엔히크 왕자의 주도 아래 유럽 최초로 보자도르곶 탐험에 성공하면서 이후 바르톨로메우 디아스(Bartolomeu Dias)가 아프리카 남단 희망봉을 발견하게 된다. 그리고 대항해 시대를 주도하는 바스쿠 다 가마의 인도 항로 개척으로 이어진다.

15세기 인도에서 건너간 후추와 향신료들은 금과 맞먹을 정도도 값이 비쌌다고 한다. 당시 지중해를 장악하고 있던 세력은 오스만 투르크와 이탈리아 베네치아였다. 포르투갈이 막강한 세력을 피해서 지중해를 거쳐 인도에 간다는 것은 불가능했으리라. 유럽 서쪽 끝에 자리한 포르투갈은 아프리카 해안선을 따라 항로를 개척하고 인도에 닿았다. 커다란 희생을 감수하면서 개척한 항로였다. 무모할 정도의 도전정신으로 개척한 항로를 통해 그들은 각종 향신료를 얻고 식민지까지 소유할 수 있었다. 무역을 통해 살아남고자 했던 의지가 인도 항로 개척의 동력이 되었을 것이다. 물론, 스페인이 남미를 장악하면서 무자비한 학살과 약탈을 자행했듯이 포르투갈도 인도에서 악명을 떨칠 정도로 학살을 자행했다고 한다. 대항해의 주인공인 바스쿠 다 가마와 콜럼버스는 각각 포르투갈과 스페인에 엄청난 부를 안겨 준 국민 영웅이었다. 그러나 남미와 인도에선 잔인한 정복자로 악명을 떨쳤다.

발견의 기념탑 너머 바다같이 넓은 테주강이 흐른다. 테주강에 걸쳐진 붉은색 4월 25일 다리는 샌프란시스코 금문교를 연상시킨다. 이곳에서 범선을 띄우며 항해사들은 부(富)를 꿈꾸었을 것이다.

제로니무스 수도원, 아주다 궁전을 돌아보고 걸어서 발견의 기념비 앞까지 오니 다리가 뻐근하다. 그럼에도 벨렝탑을 안 볼 수는 없다. 발견의 기념비는 리스보아 카드로 입장이 안 된다. 밖에서 기념비와 붉은색의 4월 25일 다리, 테주강변이 만들어 낸 멋진 조화만 감상하고 벨렝탑으로 향한다. 입장을 기다리는 긴 줄 끝에 서서 오후 햇빛에 일렁이는 강을 바라본다. 16세기에 건축된 탑에는 세월의 더께가 앉아 있지만 외부 장식이 섬세하고 아름답다. 벨렝탑에 들어서면 관광객들이 전망대에 오르기 위해 좁은 계단을 오를 차례를 기다린다. 탑 위 전망대에 서면 유람선이 떠다니는 테주강과 발견의 기념비가 보인

다. 왕이 항해사를 접견하곤 하던 이 탑을 한때는 감옥

으로 이용했다고 한다.

  제로니무스 수도원, 발견의 기념비, 벨렝탑 사이 이동은

두 다리에 의존해야 한다. 피곤해서 잠시 방심한 틈에 내

가방 속 동전 지갑이 감쪽같이 사라졌다. 바르셀로나 지

하철 에스컬레이터에서 남편 가방에 들어 있던 경량 점퍼

를 소매치기당한 적이 있다. 이번엔 눈 깜빡할 사이에 가

방 안 동전 지갑만 사라졌다. 동전들이 들어 있어서 피해

액은 크지 않았으나 파루에서 산 예쁘고 앙증맞은 지갑

을 소매치기당해서 너무 속상하다. 두리번거리며 사진 찍

는 동안 소녀들이 접근해서 가방 속 지갑만 솜씨 좋게 가

져갔다.

벨렝탑   발견의 기념비

벨렝탑

벨렝 지구 관광에 지칠 대로 지쳤음에도 리스보아 카드를 이용하는 쏠쏠한 재미를 포기할 수는 없다. 트램을 타고 아줄레주 박물관(Museu Nacional do Azulejo)으로 향했다. 스페인에서도 이슬람의 화려한 타일에 매료되었던 터라 아줄레주 박물관에 기대가 컸다. 16세기에 건립된 수도원을 박물관으로 개조했다는데 입구는 소박하다. 박물관은 생각보다 넓고 전시실도 많다. 전시실마다 미려한 문양의 타일이 벽면을 장식하고 있다. 이슬람 왕국이 건설한 그라나다 알함브라 궁전과 세비야 알까사르의 화려하고 섬세한 타일 장식에 감탄했었는데 포르투갈에서 다시 만났다.

대지진 전 리스본 풍경

아줄레주 박물관

아줄레주 박물관 성당

박물관 안에 아담한 성당이 있다. 규모는 크지 않지만 화려함의 진수를 보여 준다. 천장과 벽면 상부를 빼곡하게 채운 황금 장식과 그림들이 휘황찬란하다. 시선을 위에서 아래로 천천히 이동하는 사이 눈부심으로 확장된 동공이 제자리로 돌아온다. 상부 장식의 사치스러움과 대비되는 벽면 하부 파란색 아줄레주는 도도한 차가움으로 흥분을 가라앉힌다.

전시실엔 기하학적 무늬의 타일부터 종교적 장면을 표현한 타일까지 크기도 색채도 다양하다. 작품 중엔 입체적으로 보이는 독특한 타일까지 볼거리가 너무 많다. 가볍게 1시간 정도 돌아볼 요량이었는데 박물관 전체 전시실을 돌아보는 데 시간이 제법 소요된다. 그중에서 눈길을 사로잡은 작품은 대지진 전의 리스본 풍경을 담은, 가로로 긴 아줄레주 작품이다. 빨간 벽면을 파란색 긴 띠가 장식하고 있다. 대지진 전의 리스본 풍경은 평화롭고 아름답게 보인다. 포르투갈 사람들에게 이 작품은 얼마나 마음 아프게 보일까.

아줄레주 박물관   입체적인 타일 작품

파두 식당 내부

67

아줄레주 박물관에서 나오니 해가 기울려고 한다. 마지막 일정은 리스본의 파두(Fado) 감상이다. 남편이 미리 에어비앤비 호스트에게 파두 공연 장소를 추천받았다. 리스본 사람들이 즐겨 찾는다는 식당으로 가기 위해 트램을 탔다. 중심지를 벗어난 곳에 하차해서 언덕을 올랐다. 인적 드문 언덕길을 두리번거리며, 지나가는 사람들에게 두어 번 길을 물었다. 어렵게 찾아간 파두 공연 식당 안으로 들어섰다. 입구에 서 있던 매니저가 아직 영업을 시작하지 않았다고 한다. 파두 공연은 9시 이후 시작되니 그때 다시 오라고 안내한다. 식당 안을 잠시 둘러보며 제일 앞자리에 앉고 싶다고 말했더니 알겠다고 했다.

오늘의 마지막 힘까지 쥐어짜며 오른 언덕길을 다시 내려가서 숙소로 가는 트램에 올랐다. 남편에게 숙소로 가지 말고 국립 미술관에 가면 어떨까 물었더니 어이없다는 듯 쳐다본다. 리스보아 카드 이용에 맛 들여서 탈진하게 생겼다고.

트램에서 내려 숙소 앞 언덕을 바라보기만 해도 한숨이 나온다. 첫날 우리 파랑이의 진입을 막던 돌기둥은 우직하게 제자리를 지키고 있다. "리스본에서 한 달 살기 하면 당신 배는 다 들어가겠다"라고 성의 없는 농담을 던졌다. "내 배 들어가기 전에 당신이 먼저 쓰러질걸"이라고 응수

한다. 이 언덕을 매일 오르내리며 살아가는 주민들에게 존경심이 든다. 평생 이곳에서 살면 언덕길 오르내리는 게 식은 죽 먹기처럼 쉬우려나. 숙소에 들어서니 다리가 후들거리고 발바닥도 아프다.

오늘 무리했는데 파두 감상을 내일로 미룰까 고민하다 어두워진 후 집을 나섰다. 리스본에서 제일 기대한 파두 공연이기에. 언덕을 내려가 큰길에서 택시를 타고 2시간 전에 들렀던 파두 공연 식당을 찾아갔다. 이미 거의 모든 테이블에 손님이 앉아 있었다. 그리고 내가 찜해 놓은 제일 앞좌석에도 손님들이 앉아 있었다. 헐, 저 자리는 내가 앉겠다고 말해서 구두 약속까지 받아 놓은 자린데….

중년의 종업원이 정중하게 안내하는 자리에 앉아 저녁 식사와 맥주를 주문했다. 식사를 마칠 즈음에 기타 연주자와 남자 파두 가수가 등장했다. 기타 연주에 맞춰 낮게 읊조리듯 시작하다 고음으로 애절하게 노래할 땐 전율이 일었다. 내가 마음에 들어 했던 앞자리에선 뒤돌아보며 공연을 감상해야 한다. 반면에 식당 중간 테이블에 앉은 우리가 공연자와 더 가까웠다. 제일 앞자리에 못 앉은 걸 아쉬워했는데 전화위복인 셈이다. 식당 안을 가득 채운 손님 모두가 숨죽이며 공연을 감상했다. '숙명'이란 뜻의 파두. 가사 내용은 전혀 모르지만 슬픈 곡조가 마음을 흔들었다. 세 곡을 부르고 손님들의 환호와 박수를 받으며 가수가 자릴 떠났다. 파두에 대한 기대가 컸던 터라 "설마 가수 한 명만 공연하고 끝나는 건 아니겠지?" 하며 다음 가수를 기다렸다. 식어 버린 음식을 마저 먹으며 맥주를 홀짝였다. 그 사이에 종업원들은 부지런히 테이블 사이를 누비며 주문을 받는다. 20~30분쯤 지나서 이번엔 여자 파두 가수가 등장했다. 아말리아 호드리게스 후예의 파두를 기대하며 숨죽이고 기다렸다. 애절한 목소리로 파두를 노래하는 동안 홀 안은 가수의 노래 이외에 어떤 소음도 들리지 않았다. 두 가수의 공연이 끝나니 10시가 지났다. 사람들은 맥주나 와인을 마시며 다음 가수를 기다리지만 우린 식당을 나서기로 했다. 스페인이나 포르투갈 사람들은 늦은 저녁에 식사하고 음주를 즐기기에 10시는 이들에게 초저녁이다. 그러나 온종일 관광으로 지친 우리에겐 무리다.

외진 곳이라 택시가 없어서 언덕길을 내려가서 결국 트램을 타고 숙소로 돌아갔다. 정말 알차게 리스보아 카드를 이용했다. 공짜 좋아하면 대머리가 된다는데 48시간 리스보아 카드를 본전 생각하며 이용하려다 생몸살이 날 지경이다.

70

벨렝 지구 관광과 늦은 밤 파두 공연 감상까지 즐긴 전날의 알찬 일정 덕분에 젖은 솜마냥 몸이 무겁다. 천천히 리스본 관광 셋째 날을 시작한다. 리스본 언덕을 오르락내리락 돌아다녔더니 청바지 허리가 헐거워졌다. 친구들이 들으면 비웃을지 몰라도 다리 근육이 제법 단단해진 것 같아 뿌듯하다. 평소 운동을 피하며 살던 터라 여행은 내게 강도 높은 운동 그 자체다. 낯익은 거리를 지나 호시우 광장 콘페이타리아 나시오날 빵집으로 향한다. 우리가 늦게 나서서 그런지 어제보다 손님이 많다. 진한 커피와 달콤한 파스텔 드 나타로 에너지를 보충한다.

목적지인 알파마 지구 언덕 위 상 조르즈성(Castelo de São Jorge)으로 가기 위해 트램 정거장을 찾는다. 피게이라 광장에서 조금 떨어진 정거장에서 12번 트램을 탔다. 리스본 명물 28번 트램은 아니지만 12번 트램도 노란색이고 빈티지 느낌이 난다. 물론, 알파마 지구의 언덕길을 걸으며 거리 탐색을 즐길 수도 있지만 무리하지 않기로 한다. 날씨가 흐려서 금방이라도 비가 한차례 올 것 같다.

트램에서 내려 입구로 향할 때부터 부슬부슬 가랑비가 내리기 시작한다. 스페인을 여행하며 로마인의 뒤를 이은 무어인의 흔적을 수없이 보곤 했는데 포르투갈도 그 운명을 피할 수 없었나 보다. 로마인들이 점령하고 있던 이 지역을 그 뒤 이베리아반도로 진입한 무어인들이 점령하고 9세기에 성을 쌓았다고 한다. 12세기에 무어인을 내몰고 성을 점령한 포르투갈은 수도를 리스본으로 이전하면서 이 성을 요새로 사용했다고 한다. 리스본에서 가장 높은 곳에 자리 잡고 있어서 테주강이 한눈에 들어오니 방어하기 좋았으리라. 리스본 대지진으로 피해가 있었다는데 성벽 안을 돌아보니 수백 년 역사가 곳곳에 배어 있다.

성벽 위 좁은 길을 걷는데 빗줄기가 점점 굵어진다. 날씨가 궂어서 그런지 사람은 많지 않다. 한산한 건 좋지만 우산 쓰고 미끄러운 돌계단을 오르내릴 때는 불편하고 조심스럽다.

성에서 내려다본 리스본의 붉은 지붕 건물들과 멀리 보이는 4월 25일 다리가 침묵 속에 잠겨 있다. 비를 머금은 짙은 회색빛 하늘이 테주강까지 내려와 앉았다. 문득 이런 날씨에 어울리는 노래가 파두라는 생각이 든다. 슬픔을 잔뜩 머금은 파두의 탄생은 숙명적이었을 것 같다. 테주강 너머 하늘과 바다가 맞닿은 대서양으로 작은 배에 의지해 고기잡이에 나서야 했던 사람들. 그리고 항구에 남아서 떠난 남편과 애인의 무사 귀환을 기다리며 애태운 여인들. 우리나라 트로트 '남자는 배 여자는 항구' 가사가 생각난다. 눈멀도록 바다만 바라보며 사랑하는 사람의 귀환을 기다리며 애달픈 노래를 불렀을 것이다.

조르즈성에서 본 리스본

상 조르즈성 성벽

상 조르즈성 입구

걸어서 알파마 지구를 내려오며 거리를 구경하고 싶었
으나 날이 여전히 흐릿하다. 트램을 타고 리스본 대성당
(Sé de Lisboa) 앞에서 하차했다. 12세기 무어인들에게서
리스본을 탈환한 후 지은 성당이다. 대지진 때 다행히 피
해를 피한 대성당은 화려하지는 않지만 중후한 기품이 있
다. 성전을 돌아보고 밖으로 나오니 비가 그쳤다. 마침 28
번 노란 트램이 성당 앞을 지나고 있다. 예스러운 성당과
노란 트램이 만들어 낸 멋진 풍경에 취해서 트램이 사라
질 때까지 바라본다. 노란색은 사랑스럽다. 병아리, 개나
리, 어린아이의 우비와 우산들은 바라보는 것만으로도 미
소 짓게 한다. 거리에서 본 그림이나 엽서에 왜 노란 트램
이 유난히 많은지 알겠다. 시내를 지나는 노란 트램을 보
고 나면 사랑에 빠지지 않을 수 없다.

리스본 대성당 근처 산타 루치아 전망대(Miradouro de
Santa Luzia)로 발길을 옮긴다. 전망대 벽에서 옛 리스본
의 모습을 수놓은 대형 아줄레주를 발견했다. 테주강에
배들이 떠 있고 하얀 구름이 내려다보고 있는 리스본의
평화로운 모습. 파란색 아줄레주가 내뿜는 신비한 매력에
끌려 한동안 바라본다. 여전히 하늘은 흐리고 전망대에서
바라본 강물도 회색빛을 닮았다.

산타 루치아 전망대 아줄레주

리스본 대성당과 트램

리스본 대성당

75

산타 루치아 전망대 버스 정거장에 28번 트램이 왔다. 목적지는 생각도 안 하고 무조건 28번 트램에 올랐다. 거리에서 바라만 보던 트램을 타니 마냥 행복하다. 시내 번화가에서 관광객들 따라 내리고 보니 28번 트램을 탑승하려는 대기 줄이 길다. 기분 좋게 코메르시우 광장(Praça do Comércio)으로 향한다. 대지진 전에 왕궁이 있던 곳이다. 주제 1세 기마상이 지키고 있는 아우구스타 개선문(Arco da Rua Augusta)을 지나면 리스본의 가장 번화한 아우구스타 거리(Rua Augusta)로 들어서게 된다. 광장은 테주강과 마주하고 있는데 광장 끝에 서면 바다처럼 보이는 테주강이 바로 발밑에서 흐른다. 광장을 에워싼 아케이드엔 식당과 카페들이 자리 잡고 있다.

어둑어둑하던 하늘에서 갑자기 소나기가 쏟아진다. 잠시 비를 피할 목적으로 후다닥 아케이드 처마 밑으로 뛰어들었다. 광장에서 사진 찍던 사람들이 아케이드로 뛰어들면서 처마 안은 사람들로 붐볐다. 금방 그칠 줄 알았던 장대비가 세차게 내린다. 30분쯤 지나자 언제 그랬냐 싶게 비가 그치고 파란 하늘을 내보인다.

코메르시우 광장 앞 테주강

비카 노선 푸니쿨라

코메르시우 광장

아우구스타 개선문 위 하늘은 파랗게 개었는데 광장 끝
테주강과 맞닿은 하늘에는 잿빛 구름이 낮게 내려와 있
다. 광장 한가운데 서서 잿빛 하늘과 파란 하늘을 번갈아
바라보니 묘하다. 광장을 사이에 두고 다른 하늘을 품고
있는 리스본.

귀가하다 비카 노선 승강장(Ascensor da Bica)에서 노
란색 푸니쿨라를 만났다. 상 조르즈성에 오를 땐 12번 노
란색 트램을, 산타 루치아 전망대에선 28번 트램을, 그리
고 노란 푸니쿨라와 마주하다니. 그림 속 떡처럼 바라만
보던 노란 트램과 푸니쿨라 탑승의 행운이 연이어 찾아온
셈이다. 낮엔 탑승 대기 줄이 길었는데 저녁이라 그런지
사람이 없었다. 사랑스러운 푸니쿨라에 올랐다. 푸니쿨라
(탑승 거리는 짧은데 탑승 요금이 비싸다)도 리스보아 카드로
이용할 수 있어서 언덕길을 편하게 올랐다. 짧은 탑승 시
간 동안 언덕길 옆 고만고만한 집들을 봤다. 기찻길 가까
이 집들이 옹기종기 사이좋게 줄지어 서 있다. 짧은 탑승
을 마치고 푸니쿨라에서 내렸다. 언덕 위 카몽이스 광장
근처에 있는 생선구이 집으로 향했다. 지날 때 생선 굽는
냄새가 유혹하던 가게다. 생선구이를 포장해서 숙소로 돌
아왔다.

그릴에서 직화로 구워낸 생선구이는 맛있었다. 정전될

까 봐 조명을 줄이고 테주강 야경을 보며 생선구이에 와인을 곁들인다. 숨이 찰 정도로 가파른 언덕길을 오르내리고 정전을 걱정할 정도로 생활의 불편함이 있음에도 불구하고 리스본은 사랑스럽고 매력적이다. 리스보아는 자세히 보아야, 그리고 오래 보아야 사랑스럽다.

시나브로 리스본 마지막 날을 맞이한다. 날씨가 심술궂었던 어제와 달리 마지막 날 아침은 화창하다. 14세기 말에서 15세기 사이에 건립된 까르무 수도원(Convento do Carmo)은 리스본 대지진으로 뼈대만 남다시피 한, 큰 피해를 겪은 곳이다. 수도원 안으로 들어선 순간 고래나 공룡 뼈 안에 들어선 것 같다. 앙상한 기둥들 사이로 파란 하늘과 하얀 뭉게구름이 보인다. 수백 년 세월 하늘을 이고 있는 기둥들 사이를 걸어서 예배당 안에 들어서면 숙연해진다. 웅장한 수도원은 무너져 내려서 기둥만 앙상하게 남았고 구석에 자리 잡은 예배당만 온전한 지붕 아래 세월을 견디고 있다. 리스본 사람들은 이 수도원을 지날 때마다 대지진의 참상을 확인할 것이다. 앞으로 수백 년 후에도 이 참혹한 흔적이 조상들의 고통과 절망을 일깨우겠지.

수도원에서 나와 바로 옆 산타 주스타 엘리베이터로 향

한다. 전망대에 올라 방금 돌아본 까르무 수도원과 리스
본 정경을 내려다본다. 어제 상 조르즈성에서 바라본 테
주강은 잿빛 하늘 아래 어두웠는데 오늘은 환한 모습이
다. 이 아름다운 도시에 다시는 지진과 같은 참사가 일어
나지 않기를….

까르무 수도원

까르무 수도원

리스본 명물인 산타 주스타 엘리베이터를 아래에서 탑승해 언덕 위로 오르려면 긴 대기 줄을 감수해야 한다. 반면, 언덕 위에서 아래로 내려가려는 사람은 적어서 금방 탑승할 수 있다. 산타 주스타 엘리베이터를 타고 아래로 내려갔다. 백 년 역사를 자랑하는 엘리베이터가 타임머신처럼 여겨졌다. 모두 잠든 한밤중에 탑승하면 백 년 전 리스본으로 이동할 수 있지 않을까.

리스보아 카드 마지막 이용은 글로리아 노선(Asecnsor da Gloria) 푸니쿨라 탑승으로 정했다. 그래피티가 빼곡하게 그려진 알록달록한 푸니쿨라에서 내려 두 푸니쿨라가 교차하는 순간을 사진에 담았다. 그때 세 여자가 접근하더니 내 코르크 선글라스 케이스와 안경을 건네준다. 천연덕스럽게 웃으면서 건네주는데 등골이 서늘하다. 파루에서 구매한 코르크 선글라스 케이스에 안경을 고이 접어서 넣고 가방 지퍼도 닫고 다녔다. 그녀들은 케이스와 안경과 안경 닦는 헝겊을 각자 하나씩 흔들면서 내게 건넨다. 내가 푸니쿨라에 정신 팔려 사진 찍는 동안 접근해서 가방 지퍼를 열고 선글라스 케이스를 꺼냈으리라. 지갑인 줄 알고 열었더니 쓸모없는(그녀들의 수입에 하나도 도움이 안 되는) 안경이 있어서 실망했을 터. 잠시 망설이다 선행을 베푸는 척하며 돌려준 게다. 소매치기에게 고맙다는 인사는 가당치도 않지만 정말 고마웠다. 만일 그녀들이 돈이 아니라고 내 다초점 안경을 버렸다면 나는 남은 일정을 눈뜬장님처럼 다녔을 것이다. 내 앞에 있다가 돌아본 남편은 "어제 소매치기당하고 오늘 또 당해?"라며 놀린다.

놀란 가슴 진정시키고 리스본에서 가장 화려하고 아름답다는 상 호케 성당(Igreja de São Roque)을 찾았다. 외부는 흰 벽의 수수한 건물이라 눈에 띄지 않는데 안에 들어서면 눈부신 황금 장식에 놀란다. 화려하지만 천박하지 않고 우아한 실내 장식을 돌아보고 나오니 성당 앞 조각이 눈에 들어온다. 십자가를 들고 가운데 서 있는 선교사 옆 원주민 소년들의 모습. 영화 '미션'의 예수교 선교사들과 원주민의 모습이 떠올라서 씁쓸하다. 상 호케 성당이 예수교 관할이라 이런 조각을 세워서 선교사들의 활동을 기리는 것이리라.

성당 근처 작은 광장에 있는 카페로 향한다. 야외 테이블에 앉아서 모자이크 타일 바닥과 주변 건물들을 바라본다. 오래된 건물들 외벽을 장식한 빛바랜 타일이 고풍스럽다. 견고하면서도 멋스러운 모자이크 돌바닥에도 세월이 고스란히 묻어난다. 우리 동네는 해마다 연말이면 멀쩡한 보도블록을 들어내고 새것으로 교체한다. 콘크리트

블록이 다 거기서 거기인데도 해마다 교체해서 통행을 방해하고 돈 낭비를 한다. 스페인과 포르투갈의 돌로 만든 도로나 인도는 수십 년에서 수백 년 세월의 흔적을 품은 채 견고하게 제 자리를 지킨다. 반질반질해진 모습으로 예스러운 멋까지 더해서 거리를 지키는 돌의 품격에 반하게 된다.

상 호케 성당

글로리아 노선 푸니쿨라

상 호케 성당 앞 조각

산타 카타리나 전망대 카페

코메르시우 광장 개선문

리스본에서의 마지막 날이라 발길 닿는 대로 걷다 보니 코메르시우 광장이다. 20분 정도 거리를 천천히 걸으며 상가를 기웃거리고 언덕길을 올려다보기도 하면서 무심코 걸었다. 어제는 소나기가 퍼붓더니 오늘은 파란 하늘 아래 새로운 관광객을 맞이하는 광장을 돌아봤다. 광장 끝에 서서 테주강과 갈매기를 바라본다.

오늘 일정은 그야말로 지그재그, 언덕길을 오르락내리락한다. 우리 숙소와 가까운데도 지나치기만 했던 산타 카타리나 전망대(Miradouro de Santa Catarina)를 찾았다. 아직 일몰 전이라 사람들이 많지 않았다. 전망대 카페에 자리 잡고 맥주를 주문했다. 파란 하늘, 테주강과 빨간 4월 25일 다리, 크루즈가 액자 속 풍경 사진이다. 눈 앞에 펼쳐진 색깔들의 멋진 조화를 말없이 바라봤다. 내 마음을 사로잡은 푸니쿨라와 소매치기 미수 사건을 이야기하다 웃고 말았다. 그녀들은 동양인 아줌마 가방에서 지갑을 감쪽같이 훔쳤다고 좋아했으리라. 기쁨도 잠시, 코르크 케이스에서 꺼낸 안경을 확인하고 돌려줄까 말까 고민했겠지. 선심 쓰듯 "여기 네 안경 받아" 하는 몸짓으로 내게 건넨 내 물건들. 소매치기한 물건을 웃으며 돌려주는 그녀들의 당돌함과 고맙다며 물건을 돌려받는 내 모습은 다시 생각해도 황당하다.

트램과 푸니쿨라가 만든 비현실적 거리 풍경

해넘이까지 기다리지 않고 힘들게 올라간 언덕을 다시 내려간다. 리스본과 이별하기 좋은 장소 타임아웃 마켓으로 향한다. 오늘도 가운데 긴 테이블에 자리 잡은 관광객들은 들뜬 표정으로 리스본을 위해 건배한다. 우리도 가장자리 식당 한쪽에 자리 잡고 앉아서 음식과 맥주를 주문한다. 리스본에 입성하며 겪은 호된 신고식, 두 번이나 소매치기당한 황당한 사건, 그리고 노란색과 빨간색의 장난감 기차 같은 트램이 돌아다니는 거리 풍경은 오래오래 추억거리가 될 것이다.

리스본에서 5일 동안 머물고 떠나기 전에 4월 25일 다리를 건너 크리스투 헤이(Christo Rei)를 찾기로 했다. 브라질의 리우데자네이루(Rio de Janeir)에 있는 그리스도상 크리스투 헤덴토르(Cristo Redentor)를 본떠서 만들었다는 크리스투 헤이. 거대한 예수상 앞에서 리스본을 바라보고 이별하기로 했다. 5일 동안 아파트 주차장에서 얌전히 쉬고 있던 우리 파랑이와 함께 골목길을 빠져나왔다. 스페인 여행 당시, 일방통행로에서 역주행하다 혼비백산한 일, 차량이 진입하면 안 되는 좁디좁은 골목길에 난입했다 멘붕이 왔던 악몽 때문에 리스본에선 뚜벅이로 다녔다. 리스본 구시가지를 벗어나 테주강의 4월 25일 다리를 건너며 어깨 너머로 바다 같은 테주강을 바라본다.

아득한 높이의 크리스투 헤이 앞에 섰다. 잿빛 하늘이 예수의 머리까지 내려와 있다. 바로 앞에선 형상을 알아볼 수도 없어서 뒷걸음질하며 조금씩 예수상과 거리를 둔다. 어느 정도 멀어져야 예수의 모습을 온전히 볼 수 있다. 예수상 아래 소박한 예배당이 있다. 밝고 아늑한 예배당에서 나와 두 팔 벌린 예수상을 다시 올려다본다. 아찔한 높이에서 하늘을 떠받치고 홀로 서 있는 모습에서 짙은 외로움이 느껴진다.

금방이라도 비가 내릴 듯 잔뜩 찌푸린 하늘과 회색빛 구름이 강을 덮고 있다. 리스본 구시가지와 거대한 테주강에 걸쳐져 있는 빨간 다리가 한눈에 들어온다. 거대한 예수상은 두 팔 벌리고 테주강과 리스본을 바라보고 서 있다. 리우데자네이루에 이어 세계에서 두 번째로 거대하다는 예수상 근처에 성모상이 있다. 성모상은 묵주를 하늘 높이 들고 우리를 맞이한다. 항상 묵주기도를 잊지 말라는 당부의 의미일까.

4월 25일 다리를 건너며 리스본과 헤어져 호카곶(Cabo da Roca)으로 향한다.

트램과 푸니쿨라가 만든 비현실적 거리 풍경

4월 25일 다리

성모상

크리스투 헤이

리스본 여행 팁

01 리스본에 2~3일 머물 예정이라면 리스보아 카드(24시간, 48시간, 72시간 이용) 구매를 강추한다. 트램과 푸니쿨라, 산타 주스타 엘리베이터 탑승에 이용할 수 있다. 제로니무스 수도원, 벨렝탑, 아줄레주 박물관, 까르무 수도원, 아주다 궁전 입장에도 사용할 수 있다.

02 리스본 일정에 여유가 있다면 근교에 있는 신트라나 호카곶도 당일에 다녀올 수 있다.

03 파스텔 드 나타(에그타르트)의 원조 국가가 포르투갈인 만큼 파르텔 드 나타가 정말 맛있다. 가격도 우리나라보다 저렴하니 당이 필요할 때 간식으로 추천한다.

04 리스본 시내엔 식당이나 술집에서 포르투갈 전통 가요인 파두 공연을 하는 곳이 많다. 포르투갈 정서를 느끼고 싶다면 파두 공연 감상은 필수다.

05 타임아웃 마켓(Timeout Market)은 단순한 시장이 아니라, 다양한 식당이 있는 대형 푸드 코트(Food Court)다. 부담 없는 가격으로 포르투갈 음식 문화를 탐색할 수 있고 음식도 맛있다.

06 포르투갈 카페의 커피 가격은 착하다. 돌아다니다 피로할 때 카페에 들러 커피를 마셔도 큰 부담이 없다.

07 포르투갈 해물 국밥(Arroz de Marisco)과 정어리 구이(Sardinha assada)는 우리 입맛에 잘 맞으니 꼭 맛보길 권한다.

08 여행 책자에도 트램이나 푸니쿨라 탑승할 때 소매치기를 조심하라고 소개되어 있다. 붐비는 장소에선 조심해야 한다.

09 리스본은 언덕이 많은데 모두 돌바닥이다. 비가 오면 돌바닥이 미끄러워서 넘어지기 쉽다. 비가 올 땐 미끄럼 방지 기능 신발을 착용하는 게 좋다.

10 리스본과 포르투 시내에서 정어리 통조림 전문 매장을 볼 수 있다. 다양한 통조림을 쌓아 놓은 가게는 근사한 통조림 전문 매장이다. 통조림 캔 그림 장식이 고급스러워서 선물로 구매해도 좋다.

호카곶(Cabo da Roca),
세상의 끝이면서
또 다른 시작이 기다리는 곳

리스본에서 40분 거리에 있는 유럽의 서쪽 끝 호카곶
(Cabo da Roca)에 도착했다. 주차할 곳이 없을 정도로 자
동차와 단체 관광객을 싣고 온 버스들로 붐볐다. 우리도
세상의 끝이 궁금했지만 다른 사람들도 세상의 끝과 마
주하고 싶은 게다.

상 빈센트곶에서 봤던 빨간 등대가 호카곶에도 있다.
등대 아래 들판에는 야생화가 가득하다. 상 빈센트곶에서
만났던 노랑, 분홍의 그 야생화다. 빨간 등대와 야생화를
다시 만나니 반갑다. 야생화 들판에 소박한 표지가 있다.
유럽의 끝을 알리는 'Fim da Europa'란 표지다. 세상 끝
에 닿았다는 생각에 기분이 묘해진다. 우리나라에서도 정
동진, 정서진, 땅끝마을을 찾았을 때 숙연해지곤 했다. 들

판 아래 절벽은 거침없는 파도를 온몸으로 맞고 있다. 대서양이 펼쳐진 저 끝 수평선과 하늘이 맞닿은 곳에는 두꺼운 구름층이 띠를 두르고 있다. 하늘과 바다를 흰 구름 띠가 가르고 있는 모습은 몽환적이다.

'호카곶(Cabo da Roca)' 기념탑 앞에 사람들이 모여 있다. 세상 끝에 왔다는 기념사진을 남기려는 사람들이다. 포르투갈 서사시인 루이스 바스 드 카몽이스(Luís Vaz de Camões)의 글귀가 기념비에 새겨져 있다. '여기에서 땅이 끝나고 바다가 시작된다'라고. 망망대해와 마주한 시인의 비장한 각오가 느껴진다. 시인도 대항해 시대 때 포르투갈 식민지였던 인도와 동남아시아를 17년 동안 전전하며 파란만장한 삶을 살았다. 전쟁터에서 한쪽 눈을 잃고 감옥에 투옥된 적도 있는 시인은, 포르투갈 사람들에게 애국적 대서사시를 남겼다. 리스본 카몽이스 광장이 그의 이름에서 유래되었을 정도로 그는 포르투갈 사람들이 추앙하는 시인이다.

상 빈센트곶과 호카곶에서 위협적인 파도를 숙명처럼 받아내는 수직 절벽 앞에 섰다. 그리고 작은 섬조차 안 보이는 대서양과 마주했다. 더 이상 발을 내디딜 수 없는 땅끝에 섰다. '여기에서 땅이 끝나고 바다가 시작된다'라는 시인의 선언을 이해할 수 있다.

유럽의 끝 표지판

호카곶 앞 대서양

호카곶 표지

호카곶 절벽 위 등대

호카곶

지옥의 입

『어린 왕자』에서 어린 왕자가 말했다. "사막이 아름다운 것은 그것이 어딘가에 우물을 감추고 있기 때문이다"라고. 대서양 너머엔 다른 대륙이 있을 것이라는 믿음 때문에 항해인들은 거친 바다에 몸을 던졌을 것이다. 저 바다를 돌고 돌아서 가다 보면 우리나라, 우리 집에 다다를 것이다. 어린 왕자는 작은 별에서 자기의 장미꽃을 돌보았기에 그 별이 아름답고 소중하다고 했다. 여행하다 몸이 아프거나 힘들면 우리 집이 그리웠다. 구석구석 내 손길이 닿아 있는, 온 가족의 숨결이 묻어 있는 우리 집. 어린 왕자가 여우와 비행사의 만류에도 불구하고 자기 별로 돌아간 것은 그를 기다리는 가족, 장미꽃 때문이다. 귀찮게 하고 성가시게 굴어서 떨어져 있고 싶다가도 다시 돌아가고 싶게 만드는….

호카곶을 떠나기 전에 대서양과 빨간 등대를 오래도록 바라보며 마음에 담았다. 파란 하늘 아래 야생화가 들판을 가득 채운 풍경도 눈에 담았다.

카스카이스(Cascais)에 예약한 호텔로 가는 길에 이름도 무시무시한 지옥의 입(Boca do Inferno)을 보러 갔다. 일명 악마의 목구멍으로 부르는 그곳에 가서 엄청난 위력을 과시하며 몰려드는 파도를 바라봤다. 지옥으로 빨려

들어가는 입구 같아서 뒤로 주춤 물러서게 만드는 지옥의 입. 떨어지면 빠져나오지 못할 것 같은 소용돌이를 보며 지옥을 간접 체험한 셈이다.

예약한 호텔은 주택가에 위치해서 입구를 찾느라 주택가 골목을 헤맸다. 좁은 출입문을 찾아서 들어간 호텔은 한적하고 아늑했다. 창문으로 정원을 조망할 수 있는 조용한 별채 1층에 방을 배정해 주어서 사흘 머물며 만족스러웠다.

신트라(Sintra),
천진난만한 원색의 페나궁

　우리 부부가 즐겨 이용하는 미국 호텔 예약 사이트에선 큰 폭으로 할인해서 숙소를 제공하곤 한다. 숙박 할인 폭이 커서 매력적이지만 호텔 배정 구역 반경이 크고 같은 등급의 호텔을 랜덤으로 배정하기 때문에 운이 따라야 한다. 우리에게 행운이 찾아와서 좋은 가격에 신트라 지역 숙소를 구했다고 좋아했다. 랜덤으로 배정된 숙소는 신트라에서 자동차로 30분 거리인 카스카이스(Cascais) 지역 호텔이다. 저렴한 가격으로 4성급 호텔에서 조식까지 제공하는 조건이라 감사하기로 했다. 사흘 머물며 신트라와 인근 관광지를 관광하기로 계획했다. 조식으로 따끈한 빵, 과일, 주스를 든든히 먹고 유네스코 세계문화유산 도시 신트라(Sintra)를 향해서 출발했다.

여행 책자에서 본 신트라는 동화에 나오는 도시 같았다. 꼭 보고 싶은 목적지를 신중하게 골랐다. 한나절이면 페나성(Palácio da Pena), 무어성(Castelo dos Mouros), 신트라 왕궁(Palácio Nacional de Sintra), 헤갈레이라 별장(Quinta da Regaleira)을 볼 수 있을 것 같았다. 우리가 신트라를 방문한 4월 20일은 화창한 토요일이다. 날씨까지 신트라 탐방을 축복해 주는 것 같았다. 그런데 신트라 진입부터 자동차 정체 상황이 심상치 않다. 편도 1차선 도로에 자동차들이 움직이지 않고 서 있다. 세계문화유산 도시답게 신트라는 옛 모습을 그대로 간직한 터라 도로가 좁다. 찾는 관광객 수에 비해 도로가 좁아도 너무 좁다. 산 정상에 있는 페나성까지 거리는 짧았으나 모든 자동차가 옴짝달싹 못하고 제자리에 서 있다. 우리 차 앞뒤 버스에서 내린 관광객들은 걸어서 오르기 시작한다. 인도도 없는 좁은 차도 한편을 걸어서 오르는 사람들 모습을 지켜보고 있어야 했다. 자동차로 방문한 사람들은 차를 버리지도 못하고 주차 상태로 하염없이 대기하고 있다. 이런 상태로 신트라의 명소들을 모두 보는 것은 불가능하다고 판단했다. 남편과 가장 보고 싶은 목적지를 하나로 통일했다. 원색의 페나성 하나만 보는 것으로 만족하기로 했다. 마음속으로 기도했다. '신트라에 어렵게 왔으니 페나성 하나만이라도 보고 가게 해 주세요'라고.

신트라에 진입한 지 2시간 만에 페나성 매표소 입구에 도착했다. 산 넘어 산이라고, 또 다른 문제는 좁은 주차 공간. 그런데 기적에 가까운 행운이 찾아왔다. 매표소 근처에 주차했던 차가 우리 앞에서 출차한다. 꽉 막힌 도로에서 느낀 짜증과 초조함이 한순간에 날아간다. 쾌재를 부르며 그 자리에 주차하는데 뒤따라오던 차들이 우리에게 나갈 예정이냐고 묻는다. "노!"를 몇 차례 외치고 매표소로 향했다. 안내원이 페나성 내부를 관광할 것인지 묻는다. 천신만고 끝에 도착했는데 성 내부를 볼 것인지 묻다니⋯. 안내인 말로는 내부 관광하려면 한참 기다려야 한단다. 기다림의 인고는 이미 충분히 겪은 터라 잠시 고민했다. 어렵게 성에 도착했으니 외부만이라도 보기로 했다. 점심시간이라 매표소 옆 작은 식당엔 관광객들로 붐빈다. 토요일에 이렇게 방문객이 많으리라고는 상상 못한 터라 우린 간식조차 준비하지 않았다. 식당 이용은 포기하고 매표소에 있는 자판기에서 비스킷과 음료수를 구매해서 요기했다.

페나성 입구

페나성

한적한 페나성 정원은 푸르름으로 가득했다. 관광객들은 다 어디로 갔는지 궁금할 정도로 한산했다. 정원을 구경하며 언덕을 한참 올라서 드디어 페나성을 보게 되었다. 놀이동산 같은 입구에 긴 줄이 있어서 물어보니 궁전 내부 관람 대기 줄이란다. 매표소 직원이 내부 관람하려면 오래 기다려야 한다고 말한 이유를 알 수 있었다.

페나성은 레고블럭으로 만든 장난감 같다. 페나성에 들어선 순간 아드레날린이 반응한다. 원색의 페나궁은 상상했던 모습 그 이상이다. 웅장한 궁전 외벽을 채운 빨강과 노랑의 발칙한 도전에 감탄한다. 상상 못한 독창적인 발상에 허를 찔린 기분이다. 스페인에서 안토니 가우디(Antoni Gaudí)의 첫 작품인 까사 비센스(Casa Vicens)에서 빨간색과 노란색, 초록색 조합을 보고 신기했었다. 살바도르 달리(Salvador Dali) 박물관의 핫핑크색 외관을 보고 기발한 발상에 놀라기도 했다. 궁궐이나 박물관은 고상한 색으로 치장해야 한다는 선입견을 깨는 천진난만한 원색에 웃음이 난다. 관람객들 모두를 미소 짓게 하는 주인공이 페나성이다.

2시간 이상 기다리다 궁궐 내부 관람하는 것을 포기하고 외부만 돌아봐도 즐겁다. 요리조리 돌아보기만 해도 행복하다. 페나성 오르는 길에 건너편 무어성을 먼발치에서 바라만 봤다. 스페인에서 알카사르들을 못 봤다면 무어성 관람을 포기한 일이 두고두고 아쉬웠을지도 모른다. 무어성과 헤갈레이라 별장을 못 본 아쉬움도 동화 속에나 나올 법한 페나성을 본 것으로 보상받는다. 페나성을 떠나면서도 자꾸 돌아본다. 다음 방문 땐 이 성에 어울릴 법한 빨간색이나 노란색 옷을 입고 찾아오리라 마음먹는다. 스페인 여행 때에도 다시 찾겠다고 다짐한 도시를 헤아리는 데 열 손가락이 부족했다. 포르투갈 역시 마찬가지다. 방문하는 도시마다 독특한 매력이 마음을 사로잡는다.

성에서 나와 우리 차로 돌아가니 주차할 곳을 찾아 애태우던 여행객들이 간절하게 묻는다. 지금 떠날 거냐고…. "예스"라는 대답에 행운의 주인공이 된 여행객이 우리에게 감사를 표시한다. 그 사람도 우리처럼 간절한 소망이 이루어져 기뻐하는 것이리라.

페나성으로 오르는 차선은 여전히 자동차들이 긴 줄을 만들고 있다. 반대로 내려가는 길엔 차가 없다. 신트라 궁전도 볼 수 있을까 기대하며 좁은 도로에서 주차할 공간을 찾았다. 그러다 또 한 번 행운의 주인공이 되었다. 신트라 구시가지 광장 근처에 겨우 차 한 대 들어갈까 말까 한 주차 공간을 찾았다.

신트라 집들

신트라 시내

신트라 빵집

햇빛 가득한 광장 주위를 연분홍, 노랑, 살구색 건물들이 에워싸고 있다. 빨간 제라늄 너머 산등성이에는 주황색 지붕의 멋스러운 건물들이 광장을 바라보고 있다. 영국 시인 바이런이 신트라를 에덴동산이라고 말한 이유를 알겠다. 광장 근처 신트라 궁전은 하얀색 원뿔을 두 개 머리에 이고 있다. 페나성을 본 것에 만족하고 신트라 궁전 관람은 포기했다. 대신 광장 근처 골목과 상점들을 구경하기로 했다. 좁은 골목길에서 사람들이 간판 사진 찍는 모습을 보고 다가간 곳은 피리퀴타(Piriquita)라는 빵집이다. 홀린 듯 나도 가게 안에 들어가서 번호표를 받아들었다. 사람들이 가장 많이 주문하는 빵이 대표겠거니 짐작하며 차례를 기다렸다. 금방 구워낸 직사각형 빵 세 개를 구매했다. 빵을 사려는 사람들로 북새통인 빵집에서 나왔다. 골목 구경하는 남편에게 의기양양하게 빵을 보였다. 발음도 어려운 트라이베세이루(Travesseiro)는 베개를 뜻한다. 출출하던 차에 근처 카페에서 커피와 함께 베어 문 베개 빵은 맛있었다. 과연 빵의 나라다운 맛이다. 신트라를 떠나기 아쉬웠으나 돌아가야 한다. 여전히 광장과 골목에서는 관광객들이 유쾌한 주말을 보내고 있다.

카스카이스로 돌아와 바닷가의 식당가로 향했다. 붐비는 거리에서 주차할 곳을 찾아 한참을 헤매다 겨우 주차

했다. 사람 많은 곳, 주차 어려운 곳을 아주 싫어하는 우리 부부지만 유럽에선 어쩔 수 없다. 해산물을 좋아하는 나를 위해 남편이 문어와 대구 요리를 주문했다. 문어는 올리브유에 볶은 알감자와 곁들여져 나왔고, 올리브유로 튀긴 대구 요리에 곁들여진 채소에도 올리브유가 듬뿍 뿌려져 있다. 문어에는 초고추장이 제격인데…. 스페인과 포르투갈에서 올리브유에 볶아서 요리한 해산물을 물리도록 먹고 있다. 로마에 가면 로마 법을 따르라고 했으니 모든 해산물을 올리브유로 요리한 음식을 매일 먹어야 한다. 오늘 저녁 화제는 놀이동산 건물 같은 원색의 페나성과 신트라 구시가지에서의 주차다. 길이 좁으면 좁은 대로 언덕 골목길 오래된 건물에서 사는 사람들. 불편하고 힘든 옛것을 편리한 현대식으로 쉽게 바꾸지 않는 그들의 고집스러운 전통 고수의 삶이 존경스럽다.

카스카이스에서 30분 거리에 아제냐스 두 마르(Azenhas do Mar)란 바닷가 절벽 위에 마을이 있다. 사진에서 본 풍경이 환상적이라 찾아갔다. 좁은 시골 도로를 달려서 쪽빛 바다와 하늘 아래 그림 같은 마을을 만났다. 하얀 벽과 붉은 지붕이 좁은 골목을 빼곡하게 채운 마을은 조용했다. 바닷가에서 올려다본 마을은 한 폭의 풍경화다. 파도가 밀려들 때마다 아이가 파도와 달리기 시합을 하고 있다. 한여름엔 관광객들이 해안을 채울지 모르겠지만 4월의 바닷가 마을은 쓸쓸할 정도로 한산하다. 아제냐스 두 마르 맞은편 언덕에 앉아 마을을 오래 바라봤다. 서슬 퍼런 대서양 파도가 위협하는 절벽 위 작은 마을을 마음에 담았다.

아제냐스 두 마르 절벽 마을

아제냐스 두 마르 마을을 보고 돌아오는 길에 지옥의 입을 다시 찾아갔다. 이름처럼 무섭게 포효하는 지옥의 입을 보고 있으면 겸허해진다. 그때 한국인 중년 부부가 우리에게 다가오더니 사진을 찍어 달라고 부탁했다. 그 부부도 우리처럼 스페인과 포르투갈을 자유여행 중이라고 했다. 서로 사진을 찍어 주고 남은 여행도 즐겁게 마치자고 덕담을 주고받았다. 스페인의 유명 도시에선 우리나라 단체 관광객과 자주 마주쳤다. 그때마다 한국인의 여행 열정을 확인하곤 했다. 포르투갈에선 자유여행을 하는 한국인을 가끔 만났다. 한국인의 여행 문화가 서서히 바뀌고 있다는 걸 확인할 수 있다. 낯선 곳에서 겪을 문제가 걱정되고 두려워서 처음엔 단체여행을 선호한다. 그러다 차츰 자유여행으로 바뀌는 양상을 보게 된다.

카스카이스에서의 마지막 만찬은 숙소 근처 해안 식당에서 즐기기로 했다. 호텔에 차를 두고 해안까지 걸어가며 주택과 상가들을 구경했다. 비성수기라서 문 닫은 상점도 많고 문 열어둔 가게에도 관광객은 보이지 않았다. 일몰을 보며 저녁을 먹기 위해 바닷가 2층 식당 창가에 앉았다. 퓨전식당 메뉴에 스시가 있기에 반가워서 주문했다. 바닷가 근사한 식당에서 우아하게 저녁을 즐긴다. 물가가

상대적으로 저렴한 포르투갈에 감사하다. 해넘이 풍경을
바라보며 맥주와 근사한 저녁을 즐기며 소확행하고 있다.
오늘의 축배사는 "카르페 디엠(Carpe diem)!"

오비두스(Óbidos),
왕비에게 선물한 성벽 안 사랑스러운 마을

성채를 지나가던 왕이 왕비에게 선물했다고 알려진 오비두스로 이동한다. 성채 안에 자리 잡은 아름다운 마을을 사랑하는 왕비에게 선물했다는 낭만적인 일화 때문에 마을이 더 궁금했다.

오비두스에 도착하니 성곽이 보인다. 성곽 안으로 들어서니 아기자기한 상점들이 골목 양쪽에 늘어서서 관광객을 유혹한다. 여러 가게가 가판대를 밖에 놓아두고 진자(Ginja)를 판매하고 있다. 이곳 명물인 체리주 진자가 앙증맞은 미니 초콜릿 잔에 담긴 모습이 호기심을 자극한다. 한 잔에 1유로라는 가격과 소꿉놀이하면 좋을 듯한 미니 초콜릿 잔은 어느 가게나 똑같다. 체리주를 홀짝이고 초콜릿 잔까지 먹게 만든 아이디어가 기발하다. 관광객들은 이 가게 저 가게 다니며 체리주를 마시다 한 병씩 사기도 한다. 호기심에 남편도 진자 한 잔을 홀짝 마신다. 책자에 알코올 도수가 높다고 소개되었지만 달짝지근하고 전혀 안 독하다며 내게도 권했지만 사양한다. 나는 15도 이상의 알코올 도수 술은 안 마신다. 내가 감당할 수 있는 알코올 한계 수치를 잘 알고 있기에.

스페인 프리힐리아나, 미하스처럼 하얀 벽의 상점들은 관광객의 기분을 환하게 만든다. 판매하는 물건들을 흰 벽에 올망졸망 걸어 두고 손님을 유혹하는 예쁜 가게들이 많다. 물고기가 그려진 티셔츠와 헝겊 가방, 물고기 그림 도자기들이 눈길을 끈다. 가게들 구경하는 재미가 쏠쏠해서 이 가게 저 가게를 들락날락했다. 가게 몇 군데 들어가서 구경해도 시간은 더디게 흐른다. 아담한 마을 제일 안쪽에 있는 서점은 성당이었던 곳이다. 성당을 개조해서 만든 서점은 주민보다 관광객들에게 인기다.

마을 한 바퀴를 돌고 식당을 찾았다. 활짝 핀 장미꽃 같은 빨간 파라솔이 눈길을 끄는 식당으로 향했다. 파라솔 아래 자리 잡고 앉았다. 나는 사르디나(Sardinha)를, 남편은 스테이크를 주문했다. 남편이 사르디나가 뭔지는 알고 주문하냐고 묻는다. 포르투갈에 가면 꼭 먹어야 할 음식이 사르디나라고 여행 책자에 적혀 있다고 답한다. 초여름 포르투갈 골목마다 정어리 굽는 냄새가 유혹한다는데 정말 궁금했다. 직화구이 정어리는 냄새부터 식욕을 북돋운다. 시원한 맥주와 잘 구워진 정어리 몇 마리로 행복해진다. 빨간 파라솔 아래서 바라보는 오비두스가 사랑스럽다.

오비두스

오비두스 마을

기분 좋게 식사를 마치고 오비두스를 기억하기 위해 물고기가 그려진 티셔츠를 샀다. 남편도 떠나기 아쉬운지 성벽 위에 올라 여기저기 돌아본다. 나는 성벽을 오르는 대신 골목길의 상점들과 주택들을 구경한다. 좁은 골목길 주택들 벽에 붙어서 자라는 나무를 신기하게 바라본다. 지나가는 사람들을 배려해서 가지를 친 것인지, 나무들이 담벼락에 착 붙어서 자란다. 어찌 보면 안쓰러운데 신기하기도 하다. 좁은 골목길을 지날 때 반대편에서 오는 상대에게 피해 주지 않으려 몸을 벽에 붙인 모습이랄까.

오비두스 지역 호텔 예약도 신트라 지역 호텔과 마찬가지로 미국 예약 사이트를 이용했다. 좋은 가격에 4성급 호텔 예약했다고 좋아했는데, 오비두스에서 30분 거리에 있는 페니쉬(Peniche) 해안 호텔이 배정되었다. 온종일 날이 흐리고 을씨년스러워서 일찍 체크인하고 쉬자고 했다. 발코니에서 바다를 볼 수 있는 전망 좋은 호텔이 한산하다. 비수기 바다는 외국이나 우리나라나 쓸쓸하기는 매한가지다. 나는 피서객으로 시끌벅적한 바다보다 인적 없는 쓸쓸한 바다를 좋아한다. 바다를 오롯이 혼자 차지하는 것 같아서.

어두워지기 전에 식당을 찾아보자고 호텔을 나섰다. 곧 비가 쏟아질 듯한 날씨에 바람까지 더해져서 한기가 느껴졌다. 바닷가 식당들이 거의 문을 닫은 터라 선택의 여지가 없다. 큰 기대는 하지 않고 요기나 하자며 문 열린 식당을 찾아 들어갔다. 남편은 닭고기 요리를, 나는 생선구이를 주문했다. 직화구이 닭고기와 감자튀김을 수북이 담은 접시는 남편 앞에, 생선 직화구이와 샐러드를 푸짐하게 담은 접시는 내 앞에 놓인다. 그리고 토마토에 올리브 오일을 얹어서 서비스로 내놓는데 보기만 해도 배가 부르다. 맥주와 기가 막히게 맛있는 생선구이의 조합은 환상적이다. 1일 1생선구이가 아니라 1일 2생선구이도 OK 할 정도로 맛있다. 기대하지 않고 들어간 허름한 식당에서 가성비 좋은 직화구이 생선과 치킨, 감자튀김, 샐러드를 먹으며 행복하다. 창밖으론 회색빛 하늘에서 쏟아지는 비와 어두운 바다가 보인다.

파티마(Fátima),
온 마음으로 기도하게 하는 성모 발현 성지

어제저녁 식사하고 호텔로 돌아와 보니 발코니에 비둘기가 앉아 있었다. 온몸이 젖은 채 웅크리고 앉아 있는 모습이 안쓰러웠다. 과자를 던져 주었지만 거들떠보지도 않아서 더 신경 쓰였다. 아침에 발코니를 보니 비가 그쳤는데도 비둘기는 자리를 뜨지 않고 있다. 어디 다쳤나 살펴보다 비둘기 코가 연분홍 하트 모양인 걸 발견했다. 오늘 파티마 성지에 가는 날인데 평화의 전도사가 우릴 인도하기 위해 찾아왔다고 생각했다.

파티마 성지 순례는 가톨릭 신자의 로망이다. 기대감에 들떠서 하늘부터 살폈다. 잔뜩 흐린 하늘에서 금방이라도 비가 쏟아질 것 같다.

교황 요한 바오로 2세   파티마 성모상

파티마 성당 전경

118

아니나 다를까 파티마로 가는데 비가 쏟아지기 시작한다. 와이퍼가 쉴 새 없이 움직인다. 비바람이 제법 강해서 파티마 성지 순례에 방해가 될까 걱정된다. 스페인에서 보낸 3월은 피부가 검게 그을릴 정도로 강한 햇빛에 어지러울 정도였다. 포르투갈에선 거의 매일 흐리거나 비 오는 날이 이어진다. 4월 말임에도 한기가 느껴진다.

고약한 날씨가 성지 순례를 방해할까 걱정이다. 맑은 하늘 아래 서 있는 파티마 성지를 보고 싶어서 마음속으로 기도한다.

주차하는데 빗방울이 가늘어지더니 성지에 들어서자 거짓말처럼 비가 그쳤다. 파티마의 성모(Nossa Senhora de Fátima) 조각상이 있는 야외 예배당에서 무릎 꿇고 기도하는 중년 남자를 봤다. 차가운 돌바닥에 무릎 꿇고 기도하는 모습을 보니 뭉클해진다. 대성당 안엔 1917년 5월 13일 성모님 발현을 목격한 세 아이의 무덤이 있다. 관광객들과 주민들이 조용히 묵상하고 기도하는 성당엔 경건함이 감돈다. 성지에 머무는 동안 가슴 먹먹한 감동의 시간을 보냈다. 너무 멀어서 닿을 수 없는 곳이라 생각했던 포르투갈에 와 있다. 그리고 버킷리스트 중 하나인 파티마 성지를 돌아보고 있다. '꿈은 이루어진다'라는 말대로 꿈이 이루어지는 마법의 순간을 경험하고 있다.

성당에서 나와 하늘을 보니 어두운 비구름이 성지를 감싸고 있다. 곧 비가 쏟아질 것 같은 성지를 나서며 아쉬움에 자꾸 돌아봤다. 호텔로 돌아가기 위해 차에 오르니 다시 비가 내린다. 다른 관광지를 찾기엔 날씨가 고약해서 호텔로 돌아갔다. 아침까지 베란다 구석에 웅크린 채 머물던 비둘기가 사라졌다. 먹이로 준 과자도 그대로 둔 채 분홍색 하트 코 비둘기가 사라졌다. 우리 부부를 파티마까지 안전하게 인도하고 날아간 걸까?

호텔 직원에게 근처 식당을 추천해 달라고 했다. 직원이 알려준 식당은 중국 식당이다. 직원도 자주 간다는 그 식당엔 빈자리가 없을 정도다. 역시 중국 음식은 푸짐하다. 익숙한 맛의 따뜻한 음식으로 배를 채우니 추위와 피로가 물러난다.

내일은 코임브라로 떠나는데 그곳에서도 흐린 날과 마주할까 걱정이 된다.

코임브라(Coimbra),
검은 망토의 대학생과 마주치는
코임브라 파두의 도시

　낯선 도시를 여행할 때는 들뜬 기대감이나 약간의 긴장감이 감정의 저울추를 움직인다. 어둡고 스산한 날엔 괜스레 불길한 예감에 사로잡히기도 한다. 쓸데없는 걱정이 스멀스멀 마음을 헤집고 다니면 발걸음도 무거워진다. 눈부시게 화창한 날엔 마음에도 볕이 든다. 불안한 감정 가볍게 누르고 기대감과 설렘 쪽으로 저울추가 이동한다. 오늘 날씨는 흐림, 그것도 매우 흐림이다. 우중충한 회색빛 하늘이 긍정적 감정을 누르고 부정적 감정 쪽으로 무게 중심을 이동시킨다.

　포르투갈 남쪽에서 북쪽으로 이동하면서 과거로 시간여행을 하는 기분이다. 코임브라 역시 중세 시대 모습을 볼 수 있는 곳이라 기대가 큰데 날씨는 비협조적이다. 비

를 머금은 묵직한 회색빛 하늘과 맞닿은 어두운 대서양
을 뒤에 두고 해안을 벗어난다. 그리고 내륙의 중세 도시
코임브라를 향해 2시간 정도 이동한다.

스페인과 마찬가지로 포르투갈도 로마제국의 지배를 받
다가 9세기엔 무어인의 지배를 받았다. 코임브라는 무어
인 지배에서 벗어나기 위한 포르투갈 저항의 중심지였다
고 한다. 1064년 무어인을 몰아낸 후 13세기에 리스본으
로 수도를 옮기기 전까지 포르투갈의 수도였던 역사적인
도시다.

호텔 체크인까지 시간이 남아서 코임브라 대성당을 찾
기로 했다. 코임브라도 리스본처럼 언덕 위에 건설된 도시
라서 내비게이션이 좁은 언덕길로 안내한다. 좁은 길에서
난감한 상황과 마주할까 걱정되어서 비탈길 한쪽에 주차
하기로 한다. 상가들이 있는 광장을 두리번거리다 오래된
건축물을 발견했다. 입구에 산타 크루즈 성당(Igreja de
Santa Cruz)이라는 표지가 있다. 성당 안에는 파란색 아
줄레주가 사방 벽을 장식하고 있다. 파란색이 만든 서늘
한 분위기에 마음이 차분해진다. 성당 외벽은 세월의 흔
적을 짊어진 모습 그대로 낡아가고 있다.

코임브라 구 대성당 회랑

코임브라 시가지 전경

코임브라 구 대성당

성당이 보이는 광장 카페에서 커피를 마시며 거리와 주민들을 바라본다. 고즈넉한 거리 풍경에 어울리는 조용한 주민들의 모습을 바라보고 있으면 나그네의 마음도 평온해진다. 코임브라 구 대성당(Sé Velha de Coimbra)을 찾아서 언덕을 오르기 시작한다. 언덕을 오르다 보면 코임브라 구시가지의 집들이 눈에 들어온다. 회색 하늘 아래 비슷한 높이의 집들이 옹기종기 모여 있는 모습이 낯익다. 언덕 위에 서 있는 구 대성당은 무어인으로부터 국토를 회복하려던 시기에 건축되어서 요새처럼 듬직한 외관을 지녔다. 12세기에 건축되었다고 하니 천 년 가까운 세월을 지켜내고 있는 셈이다. 한적한 대성당 안을 돌아보고 회랑으로 발걸음을 옮긴다. 아치형 창과 장식을 보니 리스본의 제로니무스 수도원이 떠올랐다. 제로니무스 수도원보다 회랑 규모는 작지만 고풍스러운 모습은 형제처럼 닮았다. 관광객들로 수선스러웠던 제로니무스 수도원의 어수선함은 없다. 내 발소리만이 침묵을 깨는 적막한 성당 회랑을 한참 서성거렸다.

산타 크루즈 성당과 대성당을 돌아본 후 예약한 호텔을 찾아갔다. 짐을 방에 두고 거리를 돌아다니며 식당을 찾았다. 호텔 근처 식당에서 요기하고 방에 들어간 후 문제가 발생했다. 흐린 날씨 때문에 추웠다. 난방을 틀었더니

찬 바람이 나왔다. 호텔 프런트로 가서 난방 문제를 말했더니 기사를 보낸다고 했다. 오랜 기다림 끝에 기사가 방으로 왔다. 송풍기를 뜯고 이리저리 살피더니 못 고친다고 했다. 다시 프런트에 가서 기사가 못 고친다고 말하니, 다른 여행객들은 덥다며 에어컨을 틀어 달라고 한단다. 손님의 불편 호소를 무시하는 직원은 미안하기는커녕 당당하다. "OK. 그러면 당신이 나랑 방에 가서 난방 문제를 확인해 봅시다"라고 항의했다. 그러자 직원은 혼자 근무 중이라 자리를 비울 수 없다는 궁색한 변명을 늘어놓았다. 난방에 문제가 없는 방으로 바꾸어 달라고 했다. 우리는 최저가로 예약했기에 같은 방은 없다며 다른 조건의 방을 주겠다고 했다. 난방 문제가 없는 따뜻한 방에서 이틀 머물고 싶다고 힘주어 말했다. 퉁명스러운 직원이 건네준 열쇠를 받아들고 짐을 옮긴 후에 방을 살펴봤다. 난방에 문제가 있던 처음 방보다 넓고 좋아 보였다. 같은 조건의 방이 없다는 것은 업그레이드해서 방을 옮겨 주어야 하기 때문에 엉뚱한 답변을 늘어놓았던 것이리라.

미국을 여행할 때 냉장고가 고장 난 방을 배정받은 적이 있다. 직원에게 냉장고 수리를 부탁했더니, 가전제품 수리기사는 2~3일 뒤에야 온다고 했다. 그러면 나는 맥주와 물을 시원하게 마실 수 없냐고 당황해서 물었다. 직원이 "그러면 방을 바꾸어 줄까요?"라는 신박한 답변을 들려주었다. 그런 일이 자주 있는 듯, 직원은 방을 바꾸는 묘수를 제시해서 우리 부부를 감동하게 했다. 어떤 경우는 냉장고(크기가 작아서 이동이 쉬운)를 교체해 준 적도 있다. 그런 여행 경험이 있었기에 이처럼 황당한 문제가 발생하면 소비자의 권리를 요구하게 되었다. 물론, 어설픈 영어로 항의하는 우리의 문제 제기가 다 받아들여지진 않았다. 더러는 이방인을 배려하는 호의에 감동을 받았고, 더러는 정당한 요구가 무시되어 억울하기도 했다. 그럼에도 말 한마디 못하고 이불킥하는 대신 문제점을 말하고 안 받아들여지면 '흥칫뿡' 하기로 했다.

코임브라 둘째 날은 유네스코 문화유산인 코임브라 대학(Universidade de Coimbra), 알타와 소피아(Alta et Sofia) 구역을 관람할 계획이다. 포르투갈은 1260년 수도를 코임브라에서 리스본으로 이전했다. 1290년 창립된 대학은 리스본과 코임브라를 오가다 16세기 이후 완전히 코임브라에 정착하여 코임브라 대학교가 탄생하게 되었다고 한다. 코임브라는 포르투갈의 학술과 문화의 중심지로 자부심이 크다고 한다.

전날 호텔에 체크인할 때 발레파킹한 우리 렌터카를 불러내지 않고 뚜벅이로 코임브라를 돌아다니기로 했다. 호텔 직원에게 코임브라 대학교 가는 길을 물었더니 언덕길을 20분 정도 걸어야 한다고 알려 준다. 그 정도야 우리에겐 식은 죽 먹기라고 여기고 호텔을 나선다. 거리는 멀지 않았으나 비에 젖은 돌길이 복병이다. 미끄러운 언덕을 오르는 일은 생각보다 만만치 않다.

코임브라 대학교에서 유명한 조아나 도서관(Biblioteca Joanina)에 입장하기 위해선 대학 내 안내소에서 티켓을 구매해야 한다. 30분 간격으로 도서관에 입장시키는데 30분 동안만 관람이 허용되고 사진도 못 찍는다. 그럼에도 불구하고 유서 깊고 아름답다는 도서관 관람은 필수라고 한다. 도서관 입장 전에 왕궁이었던 구 대학교를 돌아보기로 한다. 세계에서 가장 오래된 대학교 중 하나인 이곳에서 공부하던 중세 대학생을 상상해 본다. 『해리 포터』에 나오는 호그와트 마법학교 교복인 검은 망토는 코임브라 대학교 교복에서 영감을 얻은 것이라고 한다. 기품 있는 강의실에서 검은 망토를 두르고 공부하는 대학생을 떠올리니 그 자체가 영화 속 한 장면이다. 대학교 난간에서 몬데구강(Rio Mondego)과 코임브라 시내 전경을 내려다본다. 대학 건물도, 언덕 위 대학에서 내려다보는 시내 전경도 멋스럽다.

조아나나 도서관 바로 옆에 있는 상 미구엘 예배당 (Capela de São Miguel)으로 향했다. 왕실 문장을 새겨 위엄을 자랑하는 출입문을 지나 안으로 들어선다. 예배당 내부는 아담하지만 화려하다. 벽면에 설치된 독특하고 수려한 파이프 오르간이 눈길을 사로잡는다. 예전 왕실 예배당으로 지어졌기에 소규모지만 우아함은 최고다.

드디어 조아나 도서관 입장 시간. 줄지어 들어간 사람들에게 간단한 설명과 함께 도서관 관람을 안내한다. 일반 서고를 지나 마침내 출입을 제한하는 신기한 방(고서를 보관하는 방)으로 들어선다. 도서관이라고는 믿어지지 않을 정도로 호화스러운 공간이다. 황금과 그림으로 휘황찬란하게 단장한 고서 보관 공간은 왕실 연회장이라 해도 무방할 것 같다. 고서 보관에 이토록 화려함을 입힌 모습을 온전히 이해할 수 없었으나 학문을 추앙하는 마음에서 비롯된 것이라 짐작한다. 화려한 서고를 사진으로 남기고 싶은 마음 굴뚝 같았으나 사진 촬영은 절대 금지란다. 고서 보전 이유로 허락된 30분의 짧은 만남을 아쉬워하며 도서관을 나선다. 도서관의 강렬한 인상이 신기루 같다. 대학교를 둘러보다 코임브라 신 대성당(Sé Nova de Coimbra)을 만났다. 캠퍼스에 울타리가 없다 보니 걷다 보면 대학 밖 건물과 마주치게 된다. 성당과 대학 건물들을 바라볼 수 있는 카페에 들어갔다. 커피를 마시며 잠시 일정에 쉼표를 찍는다. 눈앞에 펼쳐진 예스러운 코임브라의 매력에 점점 빠져든다.

상 미구엘 성당 오르간　　조아니나 도서관(촬영 허용 공간)

코임브라 대학교

대학교 신관들을 구경하다 검은 망토 입은 대학생을 여러 명 만났다. 망토 입은 모습이 『해리 포터』에 나오는 호그와트 학생 그대로다. 전통을 지키며 자랑스럽게 망토를 두르고 대학 생활을 하는 학생들 모습이 신선하다. 정문을 지나서 내려가는 길에 상 세바스티앙 수도교(Aqueduto de São Sebastião)를 지난다. 스페인 북부 도시 세고비아에서 만났던 수도교보다 높이는 낮다. 로마 수도교 잔해를 이용해서 중세 때 재건한 수도교가 대학교 울타리처럼 늘어서 있다. 수도교를 포르투갈에서 만나니 기분이 묘하다. 유럽 곳곳을 지배하며 식민지에 도로와 다리, 수도교의 유적을 남긴 로마인의 개척정신이랄까 로마식 지배방식에 놀라곤 한다. 모든 길을 로마로 통하게 하겠다는 그 야무진 야심을 곳곳에서 확인하며 역사의 부침을 떠올린다.

코임브라 대학교 수도교 근처 식물원도 한 바퀴 둘러본다. 초록빛이 뿜어내는 생명력과 어우러진 작은 연못도 정겹다. 관광객은 우리 부부밖에 없는 정원을 산책하고 대학교를 빠져나왔다. 코임브라 대학교를 탐방하느라 점심시간을 놓쳤다. 두리번거리다 사람 북적이는 식당으로 들어가서 간단하게 요기하고 시내로 향한다.

망토 입은 코임브라 대학생

코임브라 대학 수도교

돌벽의 아치 통로인 알메디나 문(Arco de Almedina)의 멋스러움에 빠져서 하릴없이 아치문을 왔다 갔다 서성인다. 근처 기념품 가게들과 거리 조각상이 발걸음을 멈추게 만든다. 오전 내내 걸어 다녀서 다리도 아프고 피곤하지만 발길 닿는 대로 걷는다. 알메디나 문에서 조금만 이동하면 예쁜 상가들이 있는 거리 페레이라 보르게세(Rua Ferreira Borges)에 닿는다. 알록달록 예쁜 가게들 사이를 걷는 검은 망토 두른 코임브라 대학생들을 만나니 반갑다. 명문대 전통을 지킨다는 자부심이 청춘들에게서 엿보인다. 상가 끝에서 아담한 포르타젱 광장(Largo da Portagem)을 만났다. 작은 광장은 싱그러운 초록 잔디와 화사한 꽃으로 단장하고 관광객을 맞이한다.

포르타젱 광장에서 몬데구강과 산타클라라 다리(Ponte de Santa Clara)를 볼 수 있다. 다리 앞에서 강물만 잠시 바라보고 다리를 건너는 무모한 도전은 안 하기로 했다. 저녁에 코임브라 파두 공연을 보려면 체력을 조금 남겨두어야 하기에. 포르타젱 광장 근처 상점들을 구경하다 브리아사 베이커리(Pasteleria Briasa)를 발견했다. 빵의 나라답게 도시마다 수십 년에서 2백 년 이상 된 빵집들을 만나게 된다. 이 빵집은 1955년에 문을 열었으니 우리 부부보다도 나이가 많다. 주민들은 다양한 빵 앞에서 고민하지 않고 빵을 집어 든다. 우린 너무 많은 빵 앞에서 선뜻 집어 들지 못하고 서 있다. 고민 끝에 고른 빵도 커피도 훌륭했다. 반나절 정신없이 코임브라를 탐색한 우리 자신에게 주는 보상으로 달콤한 빵과 진한 커피는 최고의 선물이다.

포르타젱 광장

코임브라 파두 공연

알메디나 문

포르투갈 민속 가요인 파두는 리스본이 유명하지만 코임브라 파두도 유명하다고 방송에서 본 적이 있다. 리스본과 달리 코임브라에선 남자 가수들이 선 굵은 파두를 선보인다고 소개해서 기대가 컸다. 알메디나 문 근처에서 봐 두었던 파두 공연장으로 향한다. 1시간마다 공연하는데 건물 밖에서 기다리다 공연장에 입장한다. 공연장에서 노래하는 소리가 밖으로 흘러나와서 기다리는 동안 지루함은 덜했으나 다리가 아프다. 우리 부부가 제일 앞에 서서 기다리는데 관광객들이 다가와서 파두 공연장이냐고 묻는다. 우리 뒤로 줄이 길어지기 시작하는데 난데없이 장대비가 쏟아진다. 우산을 쓰고도 홀딱 젖을 정도의 장대비를 맞으며 서 있자니 춥고 처량해진다. 안내인에게 안에 들어가서 기다리면 안 되겠냐고 물었지만 단호하게 안 된단다. 우산이 없는 관광객 중 더러는 관람을 포기하고 자리를 떠난다. 추위에 떨다 파두 관람을 포기할까 잠시 고민했다. 드디어 공연이 끝나서 안으로 들어갈 수 있었다.

그다지 넓지 않은 공연장 제일 앞에 앉아서 파두를 감상했다. 코임브라 대학교의 검은 망토를 두른 기타 연주자와 잘생긴 가수가 등장해서 공연을 시작했다. 리스본에서 들었던 애절한 파두와 달리 묵직한 파두가 색다르다.

코임브라 파두는 비를 맞고 추위에 떨며 기다린 보상으로
충분했다.

아베이루(Aveiro),
도시를 흐르는 운하와
몰리세이루가 만들어 낸 유쾌한 조화

코임브라에서 50분 정도 북쪽으로 이동하면 포르투갈의 베네치아라고 알려진 아베이루(Aveiro)에 닿는다. 아베이루에 들어서자 운하 옆에 늘어선 상가들과 운하 위를 떠다니는 곤도라 닮은 몰리세이루(Moliceiro)가 눈에 들어온다. 호텔 체크인 전까지 시내를 구경하기로 했다. 발길 닿는 대로 아담한 성당에도 들어가 보고 운하 옆 쇼핑몰에서 간단하게 요기도 했다. 운하 따라 늘어선 상점들을 기웃거렸다. 블로그에서 아베이루에는 소금이 유명하다고 읽었던 기억이 난다. 기념품 가게마다 다양한 소금을 판매하고 있다. 그리고 빨강, 노랑, 초록 원색 그릇들이 구매 욕구를 자극한다. 운하 옆 골목으로 들어서니 상점들이 옹기종기 모여 있는 광장이 있다. 야외 카페에서 커피를 마시는데 아말리아 호드리게스의 파두가 흘러나온다. 이국적인 풍경과 어우러진 파두를 듣고 있으니 포르투갈 속에 깊숙이 들어와 있다는 실감이 난다.

광장 상점을 구경하다 진분홍빛 우산을 샀다. 스페인 말라가에서 폭우로 한차례 수난을 겪었던 내 애착 우산이 코임브라 장대비로 장렬하게 전사했다. 애지중지하던 우산이라 버리지 못하고 들고 왔는데, 남편이 더 이상 쓸 수 없으니 버리고 새 우산을 사라고 했다. 사망한 내 애착 우산을 대신할 사랑스러운 녀석이 눈에 띄질 않았다. 이것저것 들었다 났다 하다 튼튼한 우산을 골랐다. 내친김에 털실로 짠 망토도 저렴한 가격에 구매했다. 남미 원주민이 입는 알록달록한 털실 망토는 아니고 짙은 파란색 망토다. 이 선택은 코임브라 대학생들의 검은 망토와 포르투갈 하면 떠오르는 아줄레주에서 영향을 받았다고 해야겠다.

호텔 주변에 주차 공간이 안 보였다. 체크인하며 주차 장소를 물었더니 호텔에서 조금 떨어진 지하 공용주차장을 이용해야 한단다. 방에 가방을 옮기고 주차하러 나섰다. 직원이 알려준 지하 주차장 입구를 못 찾아서 헤맸다.

아베이루 골목

아베이루 운하

낮에 돌아봤던 운하 옆 골목길을 걸으며 식당가를 두리번거렸다. 젊은 아가씨가 부르는 식당으로 들어섰다. 주문한 요리와 시원한 맥주를 즐기며 아베이루 입성을 자축한다. 운하가 흐르는 작은 도시 아베이루는 베네치아처럼 화려하거나 복잡하지 않다. 설렁설렁 걸어 다니며 관광하기 좋다. 운하 옆 상점 구경하다 옆길로 빠져 돌아다녀도 길 잃을 걱정이 없다. 작은 도시에 어울리는 작은 광장과 소박한 성당들이 나타나고 기념품 가게와 식당들이 손님을 맞이한다.

식당에서 나오니 어둠이 내린다. 불 켜진 상점과 운하가 낮과 다른 낭만적인 모습으로 다가온다. 관광객을 노리는 소매치기들은 리스본에서 맹활약 중인가 보다. 작은 도시에선 소매치기 신경 쓰지 않고 안전하게 돌아다니고 있다.

코스타 노바 줄무늬 마을

(Praia da Costa Nova),

동심으로 돌아가 말괄량이 삐삐가 되다

아베이루에 도착해서 반나절 돌아다녔더니 아베이루를 다 본 것 같다. 운하 옆 거리와 골목들을 탐색하며 돌아다녀도 시간은 남는다. 퇴직한 후부터 시간을 의식하지 않으니 시간이 남아돈다. 느릿느릿 여행지를 돌아다니며 한껏 게으름을 피운다.

줄무늬 마을 코스타 노바(Praia da Costa Nova)는 아베이루에서 15분 거리다. 코임브라의 우중충한 회색빛 하늘 대신 쪽빛 말간 하늘이 여행자를 축복한다. 코스타 노바에 도착하자 사진으로만 봤던 원색의 줄무늬 집들이 반긴다.

빨강, 노랑, 파랑, 초록, 분홍, 검정 줄무늬 집들이 어깨동무를 하고 서 있는 거리를 신나서 걷고 또 걸었다. '말

142

괄량이 삐삐' 주인공의 짝짝이 양말 같은 이 원색의 줄무 늬 마을은 보고 또 봐도 신선하다. 줄무늬 집들이 있는 거리 뒤쪽으로 조금만 걸어가면 하얀 모래가 펼쳐진 해안 이 나타난다. 바닷가 카페에서 커피 마시며 쪽빛 바다를 보고 있는데도 줄무늬 집들이 생각나서 웃음이 흘러나온 다. 아이들 그림에 나올 것 같은 집들이 미소 짓게 한다. 줄무늬 집에 이어 파란 바다와 함께하는 커피가 행복감을 최고치로 끌어올린다. 단순한 목조주택에 원색 줄무늬를 입혔을 뿐인데 보는 이를 신나게 한다. 이 신박한 아이디 어가 관광객을 부르고 방문객들은 동심으로 돌아가 아이 처럼 즐거워한다.

코스타 노바 줄무늬 집

골목길 노랑 줄무늬 집 사이를 걸으며 『이상한 나라의 앨리스』의 주인공이 된다. "내 기분은 내가 정해. 오늘의 나는 '행복'으로 할래." 그래, 나는 앨리스처럼 오늘의 기분을 행복, 기쁨으로 정한다. 줄무늬 마을에서 앨리스처럼, 삐삐처럼 신나서 돌아다닌다.

점심은 이 마을에서 맛집이라는 식당을 찾아갔다. 남편이 놀라는데도 난생처음 내가 송아지 요리를 주문했다. 그리고 한 입 먹고 후회했다. 스페인과 포르투갈에선 송아지찜 요리가 유명하다고 들었다. 우리나라 장조림 맛이 난다고 해서 도전했는데 고기 싫어하는 내겐 익숙하지 않은 맛이다. 한 입 먹고 안 먹겠다고 말했더니 남편이 어이없단다. "줄무늬 마을에 홀려서 안 하던 짓 했더니 실패했네"라고 변명한다. 내 점심 포기 덕분에 남편은 스테이크와 송아지찜 요리를 배부르게 먹을 수 있었다.

『모모』에서는 친절하고 여유 있게 살던 평범한 사람들이 회색 신사들에게 시간을 빼앗긴 후부터 점점 변해 간다. 시간을 절약해서 저축해야 한다는 말에 설득당한 사람들은 소소하지만 소중한 일상의 시간을 빼앗긴다. 평범하게 살던 사람들은 시간을 빼앗기고 난 후부터 늘 바쁘게 살며 불행해한다. 직장 생활을 할 땐 항상 "바쁘다 바빠. 바빠서 죽을 시간도 없어"라며 동동거렸다. 출퇴근 시간을 줄이려 급하게 운전하고 점심도 제대로 못 먹고…. 퇴근하면 밥하고 청소하고 세탁기 돌리느라 바쁘다고 아이들과 놀아 주지 않았다. "엄마는 일해야 해서 바빠. 장난감 가지고 놀럼. 밥해 줄게"라고 말하고 집안일에 매달렸다. 아이들과 웃고 놀기보다 집안일이 더 중요한 것처럼 살았다. 미래의 행복을 위해 웃고 수다 떨며 놀이터에서 노는 시간을 절약하는 게 옳은 줄 알았다. 아이들과 놀아 줄 시간이 그렇게 빨리 지나가 버릴 줄 몰랐다. 난 참 바보처럼 살았다.

회색 신사들에게 빼앗겼던(시간 저축이라 믿었던) 시간을 되찾은 나는 하루를 아주 길게 살고 있다. 걷고 보고 생각하고 느끼며 돌아다녀도 시간이 천천히 흘러간다. 예전엔 늘 부족하던 시간이 이젠 남아돈다. 보고만 있어도 행복해지는 이 마을을 떠나기 전에 줄무늬 카페에 들어갔다. 내 기준으로 최고의 조합인 커피와 에그타르트를 주문했다. 커피와 타르트 조합은 역시 진리다. 줄무늬 마을 체험 행복에 쌉싸래한 커피와 달콤한 타르트가 즐거움을 보태 준다. 행복 샷 추가!

아베이루로 돌아오다 해안에 잠시 주차하고 바닷가를

걸었다. 줄무늬 마을의 환한 분위기도 한산한 해안의 호젓함도 좋다. 포르투갈은 리스본에 이어 신트라, 오비두스, 코임브라, 아베이루와 코스타 노바까지 귀중한 추억을 우리에게 선물했다.

지하 공용주차장에 우리 파랑이를 주차하고 운하 옆 상점으로 향한다. 소금과 그릇을 사기 위해서 상점들을 들락거렸다. 다양한 소금이 소량씩 포장되어 있는데 몇 개 집어 들었다. 그리고 빨간색 작은 볼과 초록색 접시를 두 개씩 샀다. 원색 마을을 본 후의 즉흥적 선택일지언정 내 평생 한 번도 안 사본 원색의 그릇을 받아드니 신난다. 남편은 구매를 만류했다. 남은 일정 동안 가지고 다녀야 하는 번거로움과 귀국할 때 깨질 수 있는 문제를 들면서 합리적으로 판단하라고 말한다. 내가 잘 가져갈 테니 걱정 붙잡아 두라고 큰소리쳤다.

어제 갔던 식당을 다시 찾으니 친절한 종업원이 반긴다. 포르투갈의 유명 요리인 해물 국밥(Arroz de Marisco)이 맛있냐고 물었더니 엄지척을 하며 탁월한 선택이란다. 20여 분 기다림 끝에 해물 국밥이 담긴 항아리가 우리 앞에 놓였다. 커다란 항아리에 담긴 해물 국밥을 보기만 해도 포만감이 든다. 생선과 새우 등 해산물이 듬뿍 든 해물 국밥은 너무 맛있다. 푸짐한 해물 국밥에 맥주까지 곁들

이니 세상 어떤 진수성찬도 부럽지 않다. 식당 안 손님들
도 우리 접시에 담긴 국밥을 보며 부러워하는 모습이 역
력하다. 종업원에게 음식 맛이 최고라고 말해 주니 좋아
한다. 오늘은 저녁 식사까지 행복으로 채워진 하루다. 뜨
끈하고 맛있는 음식과 맥주를 즐기고 밤거리를 걸어서 호
텔로 돌아간다. 이방인이지만 이 낯선 도시가 처음이 아
닌 듯 그렇게 운하 옆길을 걷는다.

포르투(Porto),
파란색 아줄레주 끝판왕 도시의 노을에 물들다

여행 계획을 세울 때 포르투 사진을 보고 한눈에 반했다. 포르투에 대한 기대가 큰 만큼 천천히 돌아볼 셈으로 4일 머물 계획을 세웠다. 아베이루에서 포르투까지는 1시간도 안 되는 가까운 거리다. 체크아웃하고 내가 가방을 지키는 동안 남편이 주차장에서 자동차를 가져오기로 했다. 걸어서 5분도 안 걸리는 주차장으로 간 남편이 10분이 지나도 안 온다. 우리가 머물렀던 호텔로 뛰어 들어가는 마라토너들이 여러 명 보인다. 호텔 앞에서 가방을 지키며 운동복 차림의 사람들을 구경하고 서 있었다. 15분, 20분이 지나자 슬슬 걱정이 앞선다. 남편이 지하 주차장에서 봉변이라도 당했나 걱정된다. 가방 4개를 끌고 지하 주차장으로 갈 수도 없다. 30분쯤 지나서 남편이 나타났다. 달리기대회 때문에 도로 곳곳을 차단해서 호텔로 올 수 없었단다. 우회도로를 찾아 계속 돌다가 도시 외곽에 주차하고 호텔을 찾아오느라 늦었다고 한다. 무사히 돌아온 남편을 보니 마음이 놓인다. 가방을 끌고 가면서 달리는 사람들을 살펴본다. 달리는 사람도 구경하는 사람도 표정이 밝다. 누굴 이기려고 달리는 게 아니라 대회 참가 자체를 즐기는 사람들이 거리를 달린다. 작은 도시 전체가 축제 분위기다.

아베이루에서 포르투(Porto) 근교 포즈(Foz) 해변까지는 50분 거리다. 포르투에서 머물 에어비앤비 숙소의 체크인 시간까지 여유가 있다. 한적한 포르투 인근 해변에서 점심 먹고 산책하며 시간을 보내기로 했다. 가는 날이 장날이라고 주말 해변엔 사람과 차가 많다. 해변 쪽엔 주차할 곳이 없다. 주차 장소를 찾아 골목골목을 돌다 겨우 주차하고 해변으로 향했다. 식당과 카페마다 주말 나들이객으로 북적인다. 여유 있게 식사하고 해변 산책이나 하자고 찾은 해변인데 사람 구경만 실컷 했다.

간단하게 요기하고 해변을 떠나기로 했다. 젊은 부부가 호스트인 에어비앤비 아파트를 찾아갔다. 숙소 소개에 이어 포르투 지도를 펼쳐놓고 거리와 명소 위치를 알려 준다. 아파트는 시내 중심지에서 조금 떨어진 조용한 주택가에 있다. 아파트 베란다에서 도루강(Rio Douro)과 인판트 다리(Ponte Infante Dom Henrique)를 조망할 수 있는 장점도 있다. 숙소에서 도보 20~30분 거리 안에 포르투 명소가 모두 있다. 지도에 명소들을 표시해 주면서 알마스 성당(Capela das Almas)에 꼭 가 보라고 추천한다. 여행 책자에서 본 적 없는 성당인데 호스트 부부는 정말 아름다운 곳이라고 강추한다.

호스트 부부가 준 지도를 들고 까르무 성당(Igreja do Carmo)부터 찾아보기로 했다. 아파트 근처 초록빛 싱그러운 공원을 지나 상가 거리를 두리번거리며 포르투 탐색을 시작한다. 상가를 구경하며 20분 정도 걸어가니 성당 외벽 한 면을 파란색 아줄레주로 장식한 까르무 성당이 눈앞에 나타난다. 벽면 전체를 수놓은 신비로운 파란색 벽화를 넋 놓고 바라본다. 외관과 달리 실내는 화려한 그림과 조각상으로 장식되어 있다. 성당을 나와서도 한동안 아줄레주 벽화를 바라보다 클레리구스 성당(Torre dos Clérigos)과 종탑을 보러 걸어간다. 갑자기 파란색 도시 이름 조형물이 짠 하고 나타난다. 글자에 앉아 노는 어린 아이가 '포르투'라는 이름을 사랑스럽게 만든다. 클레리구스 성당 근처 빨간색, 노란색, 파란색 건물들이 어깨를 나란히 하고 서로 봐 달란다. 오래된 건물들이지만 원색으로 단장하고 청춘임을 자랑한다.

포르투 도시 이름 조형물

포즈 해변

까르무 성당 내부

까르무 성당 전경

까르무 성당 측면 아줄레주

클레리구스 성당 종탑 주변

시내에 명소들이 몰려 있어서 지루할 틈이 없다. 클레리구스 성당에서 조금만 이동하면 포르투 시내를 조망할 수 있는 포르투 대성당(Sé do Porto, Porto Cathedral)에 닿는다. 대성당이란 이름에 걸맞게 규모도 크고 볼거리도 많다. 포르투갈 성당의 가장 큰 특색이 파란색 타일 아줄레주 장식이라는 정보는 여행 책자마다 소개하고 있다. 사진을 통해 나름 사전지식을 갖추었다고 생각했는데 실물과 마주하니 할 말을 잃는다. 아줄레주의 웅장한 규모와 미려함에 한없이 빠져든다. 거대한 쪽빛 벽면을 마주하면 심해 한가운데 홀로 있는 것 같다. 파란색이 뿜어내는 신비함과 쓸쓸한 분위기가 웅장한 성당 전체를 채우고 있다.

대항해 시대 때 포르투갈은 브라질과 아시아의 여러 나라를 식민지로 삼았던 적도 있다. 수도인 리스본과 제2 도시인 포르투의 고색창연한 도시 면모에서 옛 영화를 짐작할 수 있다. 왕년의 번영은 과거 유물로 남았고 역동적으로 성장하는 모습을 찾을 수 없다. 예전 제국 시대의 화려한 뒤안길을 걷는 모습에 애잔함도 느껴진다. 포르투 시내를 내려다보면서 역사의 부침을 새삼 확인한다.

포르투 대성당에서 나와 히베이라 광장(Praça da Ribeira)으로 향한다. 우연히 들어선 골목길 양쪽으로 늘어선

진노랑 건물들 사이를 걸으니 마음이 환해진다. 이런 샛노란 색으로 건물 전체, 아니 골목 전체를 장식하다니…. 신트라 페나궁, 코스트 노바의 줄무늬 집들에 이어 포르투의 노란 골목은 상상 속 세상이 아니라 현실이다. 유럽인들의 원색 사랑과 실험정신에 엄지척을 하게 된다.

레몬처럼 상큼한 골목을 지나 잠시 후 포르투 강변 풍경을 만드는 히베이라 광장과 마주한다. 오래된 건물들이 원색으로 단장하고 사이좋게 늘어서 있는 정겨운 모습. 책자에서 봤던 풍경을 실물로 영접하니 감동 그 자체다. 강가 광장 앞에 다닥다닥 붙어 서 있는 원색의 건물과 상가가 만든 이색적인 풍경이 관광객을 불러 모은다. 이 풍경을 보려고 전 세계에서 모여든 이방인들이 광장을 들썩이게 만든다.

히베이라 광장 앞 건물들

파란색 아줄레주 끝판왕 도시의 노을에 물들다

포르투 대성당 앞

동 루이스 1세 다리

포르투 골목

포르투 강변 풍경

노을에 물든 포르투 강변

히베이라 광장과 도루강(Rio Douro)을 가로지르는 동
루이스 1세 다리(Ponte Dom Luís I), 그리고 강 건너 빌라
노바 데 가이아(Vila Nova de Gaia)가 어우러진 풍경은
그대로 한 폭의 그림이다. 프랑스 건축가인 알렉상드르 귀
스타브 에펠(Alexandre Gustave Eiffel)이 설계한 철도교
마리아 피아 다리(Ponte Maria Pia)와 제자인 테오필 세
이리그(Théophile Seyrig)가 설계한 동 루이스 1세 다리
가 나란히 도루강을 가로지른다. 우리를 포함한 관광객들
이 평화로운 풍경을 홀린 듯 바라보며 포르투 사랑에 빠
져든다. 해넘이가 시작되자 도루강 건너편 건물들이 주황
색으로 물든다. 강물에 비친 노을빛 건물들을 바라보는
사람들 표정에도 발그레한 행복감이 묻어난다. 광장에 앉
아 맥주를 마시며 해넘이 풍경을 보는 사람들도 포르투
풍경의 한 부분이다.

포르투 강변 풍경이 잘 보이는 식당에 앉아 주황빛 건물
과 강가 풍경을 마음과 눈에 꾹꾹 눌러 담았다. 노을 닮은
고운 할머니가 되는 상상하며 주황색 풍경에 스며들었다.

포르투 둘째 날, 아침 강변 풍경을 보기 위해 베란다 앞
에 섰다. 온 세상이 우윳빛이다. 리스본에서도 온 세상이
목화솜으로 뒤덮은 것 같은 안개의 아침을 맞이했는데…

저녁엔 주황빛 노을의 강가에 취했었는데 아침엔 한 치 앞도 안 보이는 안개에 묻혔다.

『해리 포터』의 작가 조앤 롤링이 자주 찾았다고 해서 유명해진 마제스틱 카페(Majestic cafe)로 향한다. 문전성시를 이룬 카페 앞에서 대기하는 손님들이 많다. 지배인이 차례를 기다렸다 입장하게 한다. 우리도 기대에 들떠서 카페 입장을 기다린다. 종업원 안내로 들어간 카페 내부는 조명도 가구도 앤틱 그 자체다. 커피와 빵 가격이 다른 카페에 비해 2~3배 비싼 건 유명세의 힘이리라. 우리를 포함해서 조앤 롤링의 발자취를 찾아 카페에 온 사람들은 모두 환하게 웃고 있다. 1920년대에 생긴 카페이니 백 년 역사를 자랑하는 곳이다. 고풍스러운 내부 장식이 멋스럽고 우아한 카페에서 커피를 즐겼다. 카페에서 나오니 입장을 기다리는 관광객들이 사진을 찍으며 대기 중이다. 화려한 상가들이 유혹하는 거리를 지나 상 벤투 기차역(Estação Ferroviária de São Bento)으로 향한다.

파란색 아줄레주의 포르투답게 상 벤투 기차역의 아줄레주 벽화도 유명하다. 기차역에 들어서서 벽화를 둘러보며 감탄에 감탄을 더한다. '나보다 아름다운 기차역이 있으면 나와 봐'라고 말하는 것 같다. 상 벤투 기차역 벽면은 포르투갈 역사가 담긴 거대한 타일 작품으로 채워져 있다. 미술관 작품을 감상하듯 관광객들이 기차역 아줄레주 예술을 감상한다.

상 벤투 역 근처 리베르다지 광장(Praca da Liberdade)에 있는 맥도날드 매장은 세상에서 가장 아름다운 맥도날드 매장이라고 소개되어서 찾았다. 화사한 스테인드글라스로 장식한 맥도날드 매장은 이색적이긴 하다. 그래도 세상에서 가장 아름답다는 표현은 과장이 아닐까. 재미로 찾아간 매장을 한번 훑어보고 밖으로 나왔다. 스페인과 포르투갈 카페들은 커피 맛도 좋고 가격도 저렴하기에 굳이 맥카페를 이용하고 싶진 않았다.

눈이 부시게 화창한 날 포르투 거리를 서성이다 우연히 마주친 Manteigaria(에그타르트 전문점)에서 맛있는 나타를 만났다. 에그타르트 원조 국가답게 도시마다 유서 깊은 나타 맛집들이 있어 찾아보는 재미가 쏠쏠하다. 포르투의 생활을 엿보려고 볼량 시장(Mercado do Bolhão)으로 향했다. 가는 날이 장날이라고 볼량 시장은 공사 중이라 영업하는 가게는 몇 안 된다. 기념품을 살 요량으로 찾은 볼량 시장을 그냥 나오기 아쉬워서 주름진 할머니가 팔고 계신 나타를 몇 개 샀다.

볼량 시장에서 알마스 성당(Capela das Almas)을 찾아가는 중에 남편 나이 또래 중년 신사에 눈길이 갔다. 자주색 면바지를 입은 모습이 신선했다. 중년의 자주색이 신선하고 멋있다고 말했더니 남편이 자신도 저런 붉은색 바지에 도전하겠단다. 매사 심사숙고하는 남편의 즉각적인 반응에 당황스럽다. 헐, 한국에서 붉은색 바지 입는 건 연예인밖에 없는데…. 포르투갈 아저씨가 입은 자주색 바지에 꽂힌 남편에게 내 설득은 마이동풍(馬耳東風)이다. 알마스 성당 가는 도중에 옷 가게들을 기웃거린다. 마음에 드는 자주색 바지 가격이 가볍지 않아서 구매를 망설이고 입맛만 다신다. 그렇게 상점들을 기웃거리다 드디어 차디찬 쪽빛으로 벽면을 가득 채운 알마스 성당 앞에 다다랐다. 어떻게 이런 쨍한 쪽빛 타일로 벽면을 가득 채울 생각을 했을까. 스페인에서 가우디의 화려한 원색 건물들을 보며 감탄하며 들뜨곤 했다. 포르투갈에선 이방인의 흥분을 차분하게 가라앉히는 아줄레주 벽화들에 압도된다.

관광객들이 성당 앞에서 그리고 길 건너편에서 거대한 아줄레주 벽화를 감상한다. 눈이 시리도록 파란 성화 앞에 서면 경건해진다. 사람 키 몇 배 높이의 도도한 파란색 벽화를 마주하면 아찔하다. 일렁이는 파란색에 현기증이 난다. 포르투갈 사람들의 믿음은 불변의 진리를 상징하는 파란색으로 구현된 걸까.

마제스틱 카페 내부

마제스틱 카페 입구

상 벤투 역 실내   상 벤투 역 실내

알마스 성당

알마스 성당 옆 야외 카페에 앉아 벽화를 무념무상 바라본다. 쪽빛 하늘과 쪽빛 성화의 조화가 마음을 차분하게 가라앉힌다. 이방인의 팔랑거리던 기분이 평정심을 찾는다.

동 루이스 1세 다리로 이동하는 도중에 페르난디나 성곽(Muralha Fernandina)을 지난다. 성곽 옆 가파른 언덕길을 푸니쿨라가 오르내린다. 푸니쿨라 옆 언덕길에 집들이 도루강을 바라보고 서 있다. 산타 클라라 성당(Igreja de Santa Clara)은 여행 책자에서 소개되었던 곳으로 평소엔 닫혀 있어서 일반인이 관람하기 힘들다고 알고 있었다. 그런데 성당 문이 열려 있다. 우리에게 성당 관람 행운이 찾아온 게다. 조명이 없어 어두컴컴한 성당 실내를 밝히는 것은 화려한 천장과 벽 장식들이다. 성당 내부 사진 촬영은 금지되어 있어서 실내를 돌아보고 나선다. 가파른 언덕길을 내려가면서 집들과 도루강을 번갈아 본다. 옛 모습을 고수하고 살아가려면 불편함을 감내해야 할 텐데… 언덕을 깎아서 큰길을 내고 편리하게 생활하는 대신 불편한 언덕길과 오래된 집을 지키고 있다. 유럽인들의 환경친화적인 삶에 존경심이 든다.

동 루이스 1세 다리 건너 포르투의 자랑인 포트 와인(Port Wine) 와이너리에 가 보기로 한다. 예전에 영국인들은 포르투에서 와인을 배로 수송했다고 한다. 수송 과정에서 발생하는 와인 변질 문제를 해결하다 탄생한 것이 포트 와인(port wine)이라고 알려져 있다. 포트 와인으로 알려진 포르투 포도주(vinho do Porto)는 대항해 시대 때 이미 탄생했다고 한다. 긴 항해 도중 마실 와인의 알코올 도수를 높여서 변질을 예방했다고 한다. 동 루이스 1세 다리는 하층부와 상층부로 나누어졌는데, 하층부 다리를 걸어서 도루강을 건넌다. 다리를 건너니 칼렘(Calem) 와이너리와 샌드맨(Sandeman) 와이너리가 나란히 있다. 와이너리 앞 카페에서 와인을 즐기는 사람들이 낮술에 발그레한 얼굴로 웃고 있다. 강 건너편은 히베이라 광장과 포르투 풍경이 한눈에 들어온다. 남편은 칼렘과 샌드맨 두 곳의 와인이 모두 궁금한 눈치다. 우리가 언제 또 포르투에 올 수 있을지 모르는데 두 군데 와인을 모두 사라고 부추겼다. 알코올 도수가 20도라서 나는 못 마시지만 애주가인 남편에겐 근사한 추억이 되리라. 양손에 포트 와인을 든 남편은 세상 부러울 게 없는 표정이다.

강가에 서서 동 루이스 1세 다리가 걸쳐진 포르투 풍경을 말없이 바라본다. 오래오래 포르투를 잊지 못할 것 같다. 강가의 평화로운 풍경과 파란색 아줄레주의 성당이 거리 곳곳에서 이방인에게 감동을 선물하는 포르투.

포르투의 아침은 역시 도루강 안개와 함께다. 온 세상이 우윳빛이라 구름 위에 떠 있는 것 같다. 안개가 걷히면 눈이 부시게 화창한 날씨가 여행객의 발걸음을 가볍게 만든다.

『해리 포터』기숙사에 나오는 붉은색 계단을 촬영한 장소로 알려진 렐루 서점(Livraria Lello & Irmão)으로 향한다. 렐루 서점 앞에 가니 출입문 앞에 입장 대기 줄이 길다. 티켓 구매하는 줄이냐고 물었더니 티켓은 근처 상가에서 사 오란다. 남편은 출입 대기 줄에 서 있기로 하고 티켓을 사러 근처 상가로 향했다. 티켓 구매 대기 줄 역시 길다. 어제 갔던 마제스틱 카페에 이어 오늘 들르는 렐루 서점도 『해리 포터』마니아들의 성지다. 서점 관람 티켓을 구매해서 방문할 정도로 『해리 포터』를 사랑하는 사람들이 많다는 걸 새삼 확인한다. 발 디딜 틈 없는 서점에 들어서자 콘서트장 열기가 느껴진다. 열광하며 사진 찍는 사람들 사이에서 우리도 서성거린다. 영화 속 붉은 나선형 계단은 사진 명소라 차례를 기다리다 인증샷을 남긴다.

과장 조금 보태면 책보다 관광객이 더 많은 작은 서점을 빠져나온다. 렐루 서점에서 가까운 거리에 있는 까르무 성당 광장으로 향한다. 광장 야외 카페에서 커피를 마시며 거리 풍경을 바라본다. 광장에서 만난 트램은 리스본을 떠올리게 한다. 오래된 트램이 다니는 거리 풍경은 정겹다. 속도전에 치여 살던 현대인들은 느리디느린 트램을 보며 즐거워한다.

애니메이션 '주토피아'에 나오는 나무늘보 캐릭터를 보고 한참 웃었던 기억이 난다. 보는 이가 답답해하든 말든 자기 속도로 느릿느릿 일을 처리하던 나무늘보를 보고 웃다 깨달았다. 내 속도가 아닌, 남이 정한 속도에 따라 숨을 헐떡이며 사는 게 얼마나 어리석은지. 어려선 나도 둘째라면 서러워할 나무늘보였다. 밥도 아주 느리게(1시간 이상) 먹고, 달리기는 반에서, 아니 전교에서 꼴찌였다. 내 삶의 속도가 빨라진 것은 직장 생활 덕분이다. 급히 밥 먹다 체하고 말도 빨라지고, 수업이 없는 시간엔 업무 처리하느라 쉬지도 못하고. 그러다 보니 성격마저 변해서 나무늘보 같은 내 자식들을 닦달하곤 했다. 개구리 올챙이 적 생각 못하는 것처럼.

렐루 서점 내부

렐루 서점 붉은 계단

분수와 카르무 성당

상 프란시스쿠 성당(Igreja de São Francisco)을 찾아가다 엔리케 공원(Jardim do Infante Dom Henrique) 앞에 섰다. 공원 언덕 위에 있는 빨간 건물이 시선을 붙든다. 이토록 명도 높은 빨강 건물은 처음이라 한참 동안 바라본다. 초록색 잔디, 야자수와 언덕 위 빨간 건물이 보색의 아찔한 대비를 보여 준다. 파란 하늘, 초록 잔디, 빨간 건물이 원색의 화려함을 뿜어낸다. 빨간 건물은 공연장으로도 활용된다는데 낮이라 그런지 실내는 한산하다.

포르투 시내 풍경

엔리크 공원과 빨간 건물

상 프란시스쿠 성당

엔리케 공원 근처 상 프란시스쿠 성당으로 향한다. 포르투에서 가장 화려하다는 성당 외부는 오래된 세월의 흔적을 고스란히 보여 줄 뿐 화려함과는 거리가 한참 멀다. 일부러 찾아가지 않으면 그냥 지나칠 정도로 수수한 외관의 성당이다. 성당 안 지하 무덤에서는 견학하는 학생들이 설명을 듣고 있다. 박물관을 둘러보고 성당 안으로 들어갔다. 나무 조각 표면을 황금으로 덮어씌운 탈랴 도우라다(Talha dourada)의 진수를 보여 주는 성당 내부는 놀랍도록 화려하다. 13세기에 건립된 성당은 17~18세기에 황금 옷을 입었다. 성당 장식에 식민지 브라질에서 가져온 황금 300kg 이상을 사용하였다고 한다. 제단과 천장, 기둥의 섬세한 조각들이 금빛으로 눈부시다. 예수의 가계도를 보여 주는 이새의 나무(Tree of Jesse)도 화려한 조각 장식이다. 청빈한 삶을 추구한 프란치스코 성인의 이름을 무색하게 하는 황금빛 성전은 한산하다. 실내는 사진 촬영이 금지되어서 번쩍번쩍한 성전을 바라보다 나왔다. 황금으로 장식한 화려함의 끝판왕 실내와 달리 외관은 수수하여 겉과 속이 다른 모습이다.

상 프란시스쿠 성당에서 엎어지면 코 닿을 거리에 있는 히베이라 광장으로 향한다. 노을 맛집 히베이라 광장에 있는 식당 야외 테이블에 자리 잡고 앉았다. 광장엔 해넘이 풍경을 맞이하려는 사람들로 북적인다. 저녁 바람이 쌀쌀하지만 도루강과 강 건너 노바 데 가이아의 주황빛 노을 풍경을 바라보며 새삼 포르투의 매력에 빠져든다.

리스본과 오비두스, 코임브라에선 스산한 날씨 때문에 자주 움츠러들었다. 포르투에선 아침 안개 지나가고 나면 눈 부신 햇빛이 반겨 준다. 포르투 명소는 거의 다 돌아봤기에 5월 첫날이자 여분의 하루는 발길 닿는 대로 다니기로 한다. 티 하나 없는 쪽빛 하늘 아래 서 있는 알마스 성당을 다시 찾았다. 성당 실내보다 밖에 사람들이 더 많다. 관광객 틈에서 쪽빛 아줄레주 벽화를 처음 본 듯 바라본다. 지중해 바다색을 옮겨 놓은 것 같은 신비한 파란색에 빠져든다. 아줄레주 벽화를 감상하기 좋은 성당 옆 야외 카페로 향한다. 커피를 홀짝이며 파란 성화를 오래도록 바라본다. 지중해 파란 물이 내 안에서 일렁인다. 성당을 떠나야 하는데 쉽게 발걸음이 떨어지지 않는다. 성당이 안 보일 때까지 몇 번이나 돌아보며 알마스 성당과 작별 인사를 한다.

포르투에서 가장 번화한 산타 카타리나 거리(Rua Santa Catarina)를 걷다 마제스틱 카페를 지난다. 늘 방문객으로 문전성시를 이루는 카페를 지나 백화점에도 무심히 들어가 본다. 기념품 가게들이 유혹하는 거리에서 트램을 만났다. 장난감 기차 같은 트램이 시야에서 사라질 때까지 지켜봤다. 트램을 타고 있는 사람들도 바라보는 사람들도 모두 행복한 표정이다. 거리 끝에서 산투 일데폰소 성당(Lgreja de santo lldefonso)을 만났다. 포르투 전체에 파란 물이 든 것 같다. 성당 외벽과 실내 장식, 상 벤투 역에서 파란색을 실컷 봤다. 아줄레주 끝판왕 도시 포르투를 돌아다니면 마음이 평온해진다.

산투 일데폰소 성당

포르투 트램

히베이라 광장

남편은 갑자기 처리할 일이 생겨서 숙소로 돌아가고 오후엔 나 혼자 돌아다니기로 했다. 포트 와인 사러 빌라 노바 데 가이아(Vila Nova de Gaia) 갈 때는 동 루이스 1세 다리 하층부를 걸어서 도루강을 건넜다. 동 루이스 1세 다리 상층부 다리를 건너가서 포르투를 감상할 요량으로 걷기 시작했다.

페르난디나 성곽과 산타 클라라 성당을 지나 드디어 동 루이스 1세 다리 상층부 앞에 섰다. 고소공포증을 이겨낼 수 있다고 스스로 다독이며 심호흡하고 발걸음을 뗐다. 웃으며 걷는 사람들 따라 다리 위를 걷다 무심코 발밑을 보고 공포에 사로잡혔다. 촘촘한 그물망 같은 철제 다리 아래로 도루강이 보였다. 85m 높이에서 내려다보는 강물은 공포 그 자체다. 다리가 후들거리고 등줄기에 땀이 흐른다. 아찔한 다리 난간에서 포즈를 취하고 사진 찍는 사람들이 존경스럽다. 엉거주춤한 자세로 앞으로 가지도 뒤로 돌아가지도 못하고 서 있는 내 신세가 처량하다. 발밑을 안 보고 앞만 보고 조금씩 걸어 본다. 모두 즐거워하는데 나는 식은땀 흘리며 기어가다시피 한다. 경치 감상은 커녕 앞 사람 등만 바라보고 걷는다. 영원히 끝나지 않을 것 같았던 다리 끝에 도착하자 눈물이 날 정도로 감격스럽다. 강 너머 포르투는 여전히 아름답다. 해넘이 무렵 히

베이라 광장의 몽환적인 풍경을 하염없이 바라본다. 덜덜
떨면서 건넌 동 루이스 1세 다리의 위풍당당한 모습에 기
가 죽는다. 너무 아름다워서 비현실적으로 여겨지는 풍경
을 오롯이 즐기고 다시 다리에 올랐다. 저 다리를 다시 건
너 돌아가야 한다고 생각하니 다리 힘이 풀린다. 아래는
안 보고 먼 풍경만 보면서 걸었다.

　페르난디나 성곽 옆 푸니쿨라 기찻길과 오래된 집들이
어우러져 만든 풍경이 눈에 들어온다. 정겨운 풍경이 위
안을 준다. 마침내 다리를 건너 땅에 발 디디는 순간의 감
격은 말로 표현이 안 된다. 숙소로 돌아가다 건물 밖으로
흘러나오는 파두 소리에 발걸음을 멈추고 섰다. 바다로
향하는 넓은 강변 도시 리스본과 포르투는 여러모로 닮
았다. 언덕길과 오래된 집들, 트램까지…. 그래서 두 도시
모두 파두와 잘 어울리는지도 모르겠다.

　숙소로 돌아가서 남편에게 동 루이스 1세 다리 상층부를
건넌 무용담을 들려주었다. 포르투에서의 마지막 저녁도
히베이라 광장에서 보내기로 한다. 1일 1히베이라 광장인 셈
이다. 주황빛 노을에 물든 광장과 강 너머 풍경을 보며 맥
주를 마신다. '왜 사냐건 웃지요'라는 시 구절이 이럴 때 어
울리는 말일 게다. 그냥 웃으며 삶의 한순간을 보낸다.

포르투 여행 팁

01 자동차를 이용하지 않고 대중교통을 이용해서 여행하더라도 큰 불편은 없다고 한다. 스페인에 교환학생으로 머물렀던 조카도 기차와 버스를 이용해서 포르투갈을 여행했다. 리스본에 머물 땐 신트라와 호카곶을 다녀올 수 있고 포르투에 머물 땐 아베이루와 코스타 노바, 기마랑이스와 브라가를 여행할 수 있다.

02 포르투 동 루이스 1세 다리의 하층부를 건너 빌라 노바 데 가이아에 가면 유명한 포트 와이너리를 방문할 수 있다. 포르투에서 기념품으로 포트 와인(알코올 도수 20도 정도)을 구매할 수 있다.

03 히베이라 광장에서 도루강과 빌라 노바 데 가이아가 주황빛으로 물드는 일몰을 관조할 수도 있고, 동 루이스 1세 다리를 건너 포르투와 도루강이 노을에 물드는 몽환적인 풍경을 즐겨도 좋다.

04 아베이루에서 판매하는 소금들은 정말 맛있다. 다양한 굵은 소금을 소량씩 판매하는데 생선을 절일 때, 로스구이 고기를 먹을 때 사용하면 별미다. 아베이루 소금을 먹어 보면 다른 소금 맛은 잊고 만다.

05 포르투 기념품 가게에선 향이 좋은 고급 비누를 판매한다. 향도 좋고 포장도 예뻐서 선물용으로 좋다. 항구도시라서 물고기가 그려진 접시나 티셔츠, 마그네틱 등 기념품을 많이 판다. 포르투를 여행했다면 물고기가 그려진 기념품 하나는 구매하길 권한다.

기마랑이스(Guimarães), 포르투갈 역사가 탄생하다

4월 12일 포르투갈 파루를 시작으로 포르투갈을 여행한 지 3주가 되는 날이다. 우리의 포르투갈 여행 마지막 도시 브라가(Braga)까지는 포르투에서 40분 거리다. 브라가 가는 길에 포르투갈의 탄생지 또는 요람 도시라고 알려진 기마랑이스(Guimarães)를 방문하기로 했다.

여행 전엔 이름도 들어보지 못했던 기마랑이스는 포르투갈 초대 왕인 아폰수 1세 엔히크스(Afonso I Henriques)가 태어난 곳이고 포르투갈 독립운동의 발판이 된 도시다. 포르투갈 왕국 건설에 결정적 사건이었던 상 마메드(São Mamede) 전투가 기마랑이스 부근에서 벌어졌다고 한다. 기마랑이스 역사 지구(Centro Historico de Guimarães)는 2001년에 유네스코 세계문화유산에 등재되었다.

기마랑이스 역사 지구에 주차하고 '여기에서 포르투갈이 탄생했다(AQUI NASCEU PORTUGAL)'라는 선언 문구를 보려고 건국의 성벽부터 찾았다. 평범한 벽면에 새겨진 문장이 포르투갈 건국 선언문인 셈이다. 로마 지배를 거쳐 스페인의 한 공국으로 지내다 독립 국가로 탄생한 자부심이 엿보인다.

한때 투우 경기가 열렸다던 투랄 광장(Largo do Tour-al)은 텅 비었다. 5월의 따가운 태양 때문인지 인적이 없다. 광장에서 제일 높은 건물인 상 페드로 성당(Basílica de São Pedro)은 다른 도시의 성당보다 규모가 크지 않다. 스페인과 포르투갈을 여행하면서 가톨릭 국가가 맞나 싶을 정도로 텅 비어 있는 성당들을 방문했다. 제국의 위력과 함께 신앙심도 함께 사라진 것 같아서 씁쓸하다.

광장 한편엔 나무 테라스를 원색으로 단장한 집들이 옹기종기 모여 있다. 작열하는 태양을 피해 잠시 카페에서 쉬기로 한다. 시원한 커피와 빵을 주문하고 텅 빈 광장을 바라본다. 100년 전엔 이 광장에서 투우 경기가 열리고 군중들이 모여서 환호하며 축제를 즐겼을 것이다. 건국의 요람 도시이지만 코임브라로 수도를 옮기면서 역사의 뒤안길로 접어든 도시의 쇠락이 안쓰럽다.

세계문화유산답게 중세 도시의 모습이 잘 보존된 골목

길은 한적하다. 올리베이라 성모 성당(lgreja de Nossa Senhora da Oliviera)과 살라도 기념비(Padrão do Sala-do) 앞에 다다르자 관광객들을 만날 수 있다. 포르투갈은 스페인 카스티야 왕국과 손잡고 무어인 왕국을 몰아내기 위해 싸웠다고 한다. 전투 승리 기념으로 세워진 살라도 기념비 안에 화강암 십자가가 자리하고 있다. 이베리아반도를 지배했던 무어인으로부터 국토회복운동(Recon-quista)을 벌여서 기독교 국가를 지켜냈다는 자부심이 드러나는 기념비에는 세월의 흔적이 고스란히 담겨 있다. 성당 안을 잠시 돌아보고 올리베이라 광장(Largo da Oliveira)을 탐색한다. 투랄 광장은 한산했는데 이 광장의 식당과 카페엔 손님들이 활기를 불어넣는다.

15세기에 건설된 브라간사 공작 저택(Paco Dos Duques De Braganca)으로 향한다. 독특한 저택의 웅장한 규모가 멀리서부터 시선을 사로잡는다. 입장료를 내고 안에 들어서면 긴 회랑을 먼저 만나게 된다. 저택 내부 방마다 전시된 유물에서 중세 삶의 흔적을 본다. 무기가 전시된 방도 있고 나무 서까래가 인상적인 예배당은 아담하지만 우아하다. 포르투갈 명문 귀족의 저택답게 웅장하고 무적의 요새처럼 건실해 보이는 이곳이 한동안 방치되어 폐허로 변했었다는 게 믿어지지 않는다. 1900년대에 복원해서 지금의 모습으로 개봉되었다고 한다. 잠시 포르투갈 명문 귀족의 생활을 엿보고 밖으로 향한다.

브라간사 저택에서 북쪽으로 조금만(도보로 2~3분) 이동하면 상 미구엘 성당(Igreja de São Miguel)과 기마랑이스 성(Castelo de Guimarães)이 나타난다. 상 미구엘 성당은 포르투갈의 건국 왕 아폰수 1세 엔히크스가 세례받은 성당이라고 한다. 외벽은 초라하기 이를 데 없고 내부도 협소하다. 어디에서도 성당의 흔적을 찾을 수 없다. 성당이라고 말하기 무색한 곳이지만 입구에 성당 표지가 있다. 기마랑이스 성은 시내가 내려다보이는 고지대에 자리 잡고 있다. 무어인의 침입을 막으려고 10세기에 축성한 성이라고 알려졌는데 외부에서 보면 성벽이 높고 견고하다.

입장료를 내고 철옹성 안으로 들어선다. 성벽에 오르면 브라간사 저택과 시내가 발아래 펼쳐져 있다. 스페인에서도 알카사르라는 요새들을 중요 도시에서 여러 차례 방문했다. 견고한 성벽을 여러 도시에서 만나며, 수많은 침략과 전쟁을 짐작한다. 전투에서 유리한 위치를 차지하기 위해 고지대에 높은 성벽을 쌓아서 방어하고 전투를 벌였을 것이다. 스페인 마드리드 북부의 성벽 도시 아빌라의 규모만큼 웅장하지는 않지만 천여 년 전에 이런 성을 축성하고 적과 맞섰다는 사실만으로도 포르투갈의 독립 의

지를 엿볼 수 있다.

　기마랑이스 성에서 나와 올리베이라 광장으로 향하다 까르무 성당(Igreja Nossa Senhora do Carmo)을 지난다. 포르투갈 성당들은 외관이 수수하고 눈에 띄지 않아서 성당인 줄 모르고 지나칠 수 있다. 인적 없는 성당 밖 정원만 잠시 바라보고 광장으로 향한다. 강렬한 태양이 긴 외부 활동을 허락하지 않는다. 짙은 선글라스 안으로 들어온 따가운 햇빛에 눈이 얼얼할 정도다. 한두 시간 태양 아래 있으면 피부가 따갑다. 맨발에 샌들 신고 다녔더니 발등이 까맣게 탔다. 샌들 자국만 하얗게 남고 발등은 까맣다.

투랄 광장과 베드로 성당

살라도 기념비

기마랑이스 건국 성벽

기마랑이스 성

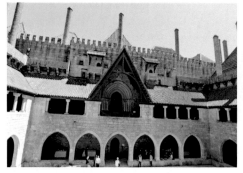

브라간자 공작 저택

올리베이라 광장

올리베이라 광장 한편에 있는 식당에 자리 잡았다. 야외 테이블에 앉아 예스러운 건물과 창문을 장식한 작은 화분들을 바라본다. 포르투갈 건국 역사를 품은 작은 도시, 기마랑이스가 더없이 사랑스럽다. 해가 길어진데다 서머타임까지 더해져서 오후 늦은 시간임에도 여전히 태양은 강렬하게 활동 중이다.

브라가(Braga),
성당 도시에서 도심 꽃길과 사랑에 빠지다

기마랑이스 탐방을 마치고 브라가(Braga)로 이동한다. 포르투갈 마지막 여행지 브라가는 스페인과 가깝다. 자동차로 30분도 안 되는 거리의 브라가 호텔에 도착했다. 아담한 광장 한편에 자리한 호텔이다. 호텔 건너편에 아주 작은 성당이 있다. 수십 개의 성당이 있는 성당의 도시라고 소개된 곳이 브라가다. 이틀 머물 방에 짐을 두고 밖으로 나선다. 초저녁 시간이지만 오후 3~4시로 여겨질 만큼 여전히 환하다.

호텔을 나서서 거리를 기웃거리다 지척에 있는 카를로스 아마란테 광장(Largo Carlos Amarante)에 닿았다. 광장을 에워싼 고풍스러운 건물들 사이에 산타 크루즈 성당(Igreja de Santa Cruz)이 있다. 평화롭고 한적한 광장의 하얀 글씨 조형물이 이방인을 편안하게 맞아 준다. 광장을 둘러싸고 있는 건물들이 중후한 도시 역사를 말해 준다.

아르코 다 포르타 노바(Arco da Porta Nova) 아치문을 향해 발걸음을 옮긴다. 도시 안과 밖을 연결하는 아치문으로 해가 넘어가려 한다. 아담한 문을 드나들며 도시 안팎을 구경한다. 1~2시간 전까지 기품 있는 기마랑이스 매력에 흠뻑 빠져 있었다. 이젠 브라가의 예스러우면서 우아한 고전미에 빠져들고 있다. 브라가는 성당의 도시, 또는 꽃길의 도시로 소개된다. 도시 중심을 꽃길로 수놓았다고 알려져서 어떤 모습일지 궁금했다. 드디어 도시 중심 번화가에서 꽃길을 만났다. 화사한 꽃길 앞에 서니 긴장감은 사라지고 마음도 환해진다. 꽃길 사이 넓은 인도는 자동차보다 사람이 소중하다고 알려준다. 꽃길 양옆엔 고개를 젖히고 올려다볼 건물이 없다. 나지막한 상가 건물 사이를 천천히 걸어다닌다. 꽃길 한번 보고 사랑스러운 상가 한번 보고…. 목적도 없이 꽃길을 느릿느릿 걸어 다니며 중세 도시의 평화에 스며든다.

해넘이까지 꽃길을 왔다 갔다 하는 사이 어둠이 내린다. 해가 지자 기온이 내려간다. 일교차가 커서 으슬으슬 한기를 느끼고서야 꽃길을 떠난다. 헤푸블리카 광장(Praça da República) 근처 슈퍼마켓을 찾아갔다. 간단하게 장을 보고 광장 식당가에서 일식집 간판을 찾았다. 2층 식당에 들어서니 잘 꾸며진 정통 일식집이 반긴다. 스시(초밥)와 사케를 주문했다. 포르투갈 아가씨가 상냥하게 맞아 준다. 초밥은 기대 이상으로 맛이 훌륭해서 행복감을 더해 준다. 오랜만에 씹는 쌀의 촉감을 음미하며 브라가 입성을 축하한다. 하루 동안 중세 도시 두 군데를 탐방한 감격에 맛있는 저녁 식사가 주는 감동이 더해진다. 이 순간 세상 부러울 게 없다.

카를로스 아마란테 광장

브라가 시내 꽃길

브라가 시내 꽃길

포르투갈 여행 마지막 날도 축복받은 날씨와 함께다. 성당의 도시에 왔으니 성당들을 탐방하기로 하고 길을 나선다. 카를로스 아마란테 광장의 도시명 조형물은 햇빛에 반사되어 하얀색 글자가 눈부시다. 바로 옆 산타 크루즈 성당에 들어섰다. 스페인의 성당들은 입장료가 있는데 포르투갈 성당들은 대부분 입장료가 없다. 부담 없이 도시 명물인 성당들을 탐방하기 좋다. 고요한 성당 안에서 잠시 묵상하며 차분해진다. 브라가를 사랑스럽게 만드는 꽃길을 찾아가다 짙푸른 아줄레주의 건물을 만났다. 포르투의 상 벤투 역과 알마스 성당에서 감탄하며 바라봤던 짙은 파란색 아줄레주. 이방인의 시선을 사로잡는 라이오 궁전(Palácio do Raio)이다. 건물 전면을 쪽빛 아줄레주로 장식하고 있어서 발걸음을 멈추고 바라보게 된다.

저녁 무렵 만났던 중심가 꽃길에 매료되어 해넘이까지 서성였다. 한기가 느껴질 때까지 신선하고 아름다운 거리를 걸었다. 고즈넉한 저녁 꽃길이 평온을 선물했다면 오전 꽃길은 환희를 느끼게 한다. 햇빛에 노출된 원색이 싱그럽고 화사하다. 실없이 그 길을 왔다 갔다 하며 상점들을 구경한다. 그리고 마침내 남편이 그토록 원하던 자주색 바지를 샀다. 포르투갈에선 중년 남성들이 붉은색 바지를 많이 찾는지 가게마다 진열장에서 손님을 유혹한다.
귀국하면 몇 번이나 입을지 모르겠으나 본인이 간절히 원
하는 자주색 바지를 손에 넣더니 아이처럼 좋아한다.

아르코 다 포르타 노바

브라가 대성당 전경

브라가 대성당 내부

브라가 대성당 성모상   라이오 궁전

산타 바바라 정원

이베리아반도에 가장 먼저 기독교가 전파된 곳이 브라 가라고 한다. 포르투갈에서 가장 오래된 성당으로 향한 다. 포르투의 상 프란시스쿠 성당처럼 브라가 대성당(Sé de Braga)도 입장료를 받는다. 11세기 말에 지어졌다고 하 니 천 년 넘는 역사를 지닌 성당이다. 포르투갈 건국보다 이 대성당의 역사가 길다고 한다. 그만큼 웅장한 규모와 많은 볼거리를 자랑한다. 수려하고 고풍스러운 여러 예배 당과 박물관을 돌아보려면 제법 발품을 팔아야 한다. 화 려한 파이프 오르간의 디자인도 인상적이다.

대성당에서 나와서 주위를 돌아보다 독특한 성모상을 만났다. 아기 예수에게 모유 수유하는 성모상은 자애롭 다. 대성당 근처 산타 바바라 정원(Jardim de Santa Bar-bara)으로 이동한다. 초록빛 사이 원색의 꽃들이 어여쁨 을 자랑하는 정원은 한산해서 잠시 쉬어가기 좋다. 싱그 러운 자연 속에서 머물면 긴장이 풀어지고 안온감을 느 낀다.

한낮의 헤푸블리카 광장(Praça da República)은 저녁과 다르게 활기차다. 전날 들렀던 일식집에 들어서니 친절한 여종업원이 반갑게 맞아 준다. '오늘의 메뉴'를 주문해서 먹고 내친김에 저녁 메뉴를 예약했다. 광장 카페에서 커 피를 마시며 해바라기한다. 지나가는 사람들과 광장 건물을 무념무상 바라본다. 잔잔한 행복감에 감사하며 5월의 찬란한 오후를 즐긴다.

언제 또 이렇게 아름다운 꽃길을 걸을까 싶어서 브라가 중심 꽃길을 천천히 거닌다. 옷 가게와 기념품 가게도 기웃거린다. 꽃길에 취해서 흰 바탕 가득 꽃무늬가 화려한 반팔 블라우스를 10유로 주고 샀다. 오전에 남편은 자주색 바지를, 오후에 나는 꽃무늬 블라우스를 샀다. 귀국하면 사람들 시선 의식하며 입지 못할지언정 오늘의 구매 욕구를 따르기로 한다.

꽃길에서 벗어나 옆길로 방향을 바꾸어 발길 닿는 대로 걷는다. 성당에 들러 잠시 차분하게 감정 추스르고 감사한 마음 담아 기도 드린다. 고즈넉하고 평화로운 도시를 온종일 누비고 다닌다. 중심지에서 떨어진(15~20분 거리) 작은 성당들도 찾아가 보고 오후 늦은 시간에 다시 헤푸블리카 광장으로 향한다. 점심 먹으며 7시까지 사시미(회) 셋트를 포장해 달라고 예약했었다. 식당에 가니 정성스럽게 포장한 사시미 셋트를 보여 준다. 동양인 주방장은 우리에게 국적을 묻지 않는다. 그는 세 번째 찾은 동양인 부부가 인상적인지 회 종류를 친절하게 설명해 준다. 그의 친절이 고마워서 "당신의 사시미는 정말 훌륭하다. 당신은 최고의 요리사다"라고 칭찬해 주니 좋아한다. 주방장과 종업원의 진심이 닿아서 행복한 추억이 더해진다. 호텔에 돌아와서 포르투갈에서의 마지막 식사를 즐겼다. 좋아하는 회와 와인으로 포르투갈 여행 완주를 축하했다.

내일은 포르투갈을 떠나 스페인 산띠아고 데 꼼뽀스뗄라로 향한다. 순례자들이 지친 몸과 마음을 위로받는다는 그 도시에 닿는다. 스페인 2차 여행은 북부 해안 도시 중심 여정이다. 프랑스와 국경을 맞대고 있는 산 세바스띠안에서 사라고사를 거쳐 바르셀로나로 이동할 예정이다. 오랫동안 집을 떠나 스페인과 포르투갈 3달 여행을 마치고 집으로 돌아간다. 한동안 집에 머물며 다음 여정을 계획하고 체력을 비축할 생각이다.

에필로그

　3주면 충분하리라 생각하며 계획한 포르투갈 여행을
무사히 마쳤다. 이동 거리가 짧아서 무리하지 않고 느린
여행을 할 수 있었다. 내 기억의 보물창고에 저장된 포르
투갈 도시들 하나하나를 떠올리며 감사한다. 중년에도 신
선한 감동과 설렘 가득한 시간을 보낼 수 있다는 걸 깨달
았다. 육지가 끝나고 바다가 시작하는 대서양 앞에선 사
뭇 겸허해졌다. 날씨가 흐려서 기분이 가라앉은 날도 있
었고 소나기에 혼쭐나기도 했다. 풍광에 취해 두 번이나
소매치기를 당하기도 했고 카메라를 잃어버린 줄 알고 아
연실색하기도 했다. 신트라에선 예상 못한 교통체증으로
난감한 상황에 당황하기도 했고.

책을 통해 얻은 약간의 정보에 기대어 찾은 포르투갈은 내게 소중한 추억을 잔뜩 선물했다. 사진을 보며 도시들의 거리 풍경을 떠올리면 그리움이 목까지 차오른다. 언제 다시 방문하겠다고 장담할 수 없는 상황이지만 꼭 다시 찾고 싶은 나라, 포르투갈.

얼마 전 방영을 마친 드라마에서 외친 '해방'이란 단어가 시청자의 마음을 움직였다. 해방은 남의 나라 밑에서 벗어나거나 인종이나 신분 차이에서 벗어날 때나 사용하는 거창한 단어가 아니라는 걸 깨달았다. 나이가 많아서, 경제적 여유가 없어서, 용기가 안 나서, 혼자라서, 여자라서 등등…. 수많은 안 되는 이유를 대면서 스스로 억압하고 살던 소시민들에게 해방을 꿈꾸게 했다.

지금, 현재가 우리 남은 생의 가장 젊은 날이라고 말하곤 한다. 나는 지금 20대도 30대도 아닌 60대에 진입했다. 그럼에도 불구하고 지금 나는, 내 남은 삶의 가장 눈부신 화양연화를 통과하는 중이다. 말도 안 통하는 낯선 도시와 거리에서 헤맬지언정 또다시 길 위에 있을 것이다. 2021년 출간된 2천 쪽에 육박하는 소설 『돈키호테』를 읽고 전의를 불태우는 중이다. 돈키호테가 편력기사라는 꿈을 안고 모험의 길을 떠났듯 나는 미지의 세계 탐험가라는 꿈을 안고 호기롭게 길을 떠날 것이다. 영화 '월터의 상상은 현실이 된다'의 주인공처럼 자주 상상이 꼬리에 꼬리를 물고 아주 멀리까지 날아가곤 한다. 어떤 날은 피라미드 앞에 서 있고, 어떤 날은 마추픽추에 올라 잉카문명과 마주하고 있다. 내가 태어난 지구 탐색을 위해 출정하는 꿈을 꾼다.

이인화